04

露西·巴顿
四部曲

LUCY BY THE SEA

我知道这关乎失去

Elizabeth Strout
[美]伊丽莎白·斯特劳特——著　苏十——译

中信出版集团 | 北京

图书在版编目（CIP）数据

我知道这关乎失去 / (美) 伊丽莎白 · 斯特劳特著；苏十译 . — 北京：中信出版社 , 2025. 7. -- ISBN 978-7-5217-7316-3

I. I712.45

中国国家版本馆 CIP 数据核字第 2024US4520 号

我知道这关乎失去

著者：［美］伊丽莎白 · 斯特劳特

译者：苏　十

出版发行：中信出版集团股份有限公司

（北京市朝阳区东三环北路 27 号嘉铭中心　邮编　100020）

承印者：中煤（北京）印务有限公司

开本：787mm × 1092mm　1/32　　印张：10　　字数：150 千字

版次：2025 年 7 月第 1 版　　印次：2025 年 7 月第 1 次印刷

京权图字：01–2024–2329　　书号：ISBN 978–7–5217–7316–3

定价：49.80 元

服务热线：400–600–8099

投稿邮箱：author@citicpub.com

献给我的丈夫吉姆·蒂尔尼

以及我的女婿威尔·弗林特

向他俩致以爱与钦佩——

目录

第一卷

一

1

像许多人一样，我没有察觉到这件事到来。

但威廉是位科学家，他察觉到了迹象；我的意思是，他察觉得比我要早。

*

威廉是我的第一任丈夫，我们有过二十年婚史，离婚至今也差不多有同样长的时间了。我们友善相处，我会不时与他碰面。曾经我们都住在纽约，我们在刚结婚时搬到了那里。但因为我的（第二任）丈夫过了世，威廉的（第三任）妻子离他而去，过去这一年中我们见面的次数增多了。

第三任妻子离开时，威廉得知他在缅因州有个同母异父的姐姐。他是在一个族谱网站上发现此事的。威廉一直以为自己是独生子，因此这事让他十分震惊，他请我花两天的时间陪他去缅因州，寻访姐姐。我们同去了，可那个女人——她叫洛伊丝·布巴——嗯，我见到了她，她却不愿与威廉见面，这让他很不痛快。此外，在那趟缅因州之旅中，我们发现了一些令威廉极其沮丧的、有关他母亲的事情。这些事也让我很沮丧。

原来他母亲的出身竟然贫寒得叫人难以想象，甚至比我的成长环境更糟。

重点在于，缅因州的短暂旅行结束两个月后，威廉邀我和他一起去大开曼岛，许多许多年前，我们曾和他的母亲凯瑟琳去过那里，女儿们年幼时，我们也曾带着她们和凯瑟琳同去。威廉来到我的公寓邀我去大开曼岛的那天，他刮掉了浓密夸张的八字胡，把全白的头发剪得很短——后来我才意识到，这一定和先前洛伊丝·布巴不愿见他，以及他了解到的所有那些关于母亲的事情有关。他当时 71 岁，但我觉得，种种失落之下，他绝对是多多少少地陷入了某种中年危机，或者说是年长男人的危机：先是比他年轻许多的妻子搬出了家门，还带走了他们 10 岁的女儿；然后是同母异父的姐姐不愿意见他，而他又发现母亲并不是自己一直以为的那个人。

于是我答应了：我在十月初和他一起去大开曼岛上待了三天。

这很怪，但也很美好。我们各住各的房间，彼此很友好。威廉似乎比平时更加沉默寡言，而他刮去了胡子的脸，在我看来还挺不习惯的。但他也有仰着头开怀大笑的时候。我们之间有一种默契如一的礼貌，所以气氛有一点奇怪，但很美好。

然而当我们回到纽约后，我很想念他。我也很想念大卫，我故去的第二任丈夫。

我真的很想念他俩，尤其是大卫。我的公寓是那样沉寂！

*

我是个小说家，有一本书预计在那年秋天出版，因此从大开曼岛旅行归来后，我就要在全国各地频繁巡回售书，后来情况也的确如此。这是十月末的事情。按照计划，我还要在第二年的三月初去往意大利和德国，但是十二月份刚过了几天时（这有点怪），我就决定不去这些地方了。我从没取消过巡回售书活动，出版商不太高兴，但我不打算去。随着三月临近，有人说："幸亏你没去意大利，他们那里在闹那种病毒呢。"我才注意到这场疫情。我想这是我第一次注意到它。我从没考虑过它会不会蔓延到纽约。

但威廉考虑过。

2

后来得知，在三月的第一周，威廉给我们的女儿克丽茜和贝卡打了电话，请她们——央求她们离开这座城市，她俩都住在布鲁克林。“先不要告诉你们的母亲，拜托你们快走吧。我来和她说。”于是她们没有告知我。这很耐人寻味，因为我一直觉得女儿们和我很亲，本以为要亲过威廉，但她们却对他言听计从。克丽茜的丈夫迈克尔就职于金融行业，他真的听进去了威廉的话，他和克丽茜做好了安排，要搬到康涅狄格州他父母的房子里——他父母当时在佛罗里达，克丽茜和迈克尔因此可以住在他们家中。然而贝卡犹豫不决，说她丈夫不想离开纽约。两个女儿都表示想让母亲知晓发生的事情，而她们的父亲说：“我会照顾你们母亲的，我保证，现在快离开这座城市。”

一周之后，威廉在电话里告诉了我这件事，我感到的不是恐慌，而是困惑。“他们真的走了？”我问，我是指克丽茜和迈克尔，威廉说是。“很快每个人就都要居家办公了。”他说，而我还是不怎么明白他的话，他补充道，“迈克尔有哮喘病，所以尤其应该小心。”

我说：“不过他的哮喘病并不严重。”威廉停顿了一会儿，然后说：“好吧，露西。”

然后他告诉我，他的老朋友杰瑞感染了病毒，已经戴上了呼吸器。杰瑞的妻子也被感染了，但还待在家中。“哦，该死，我真难过！”我说，然而我还是没有明白这件事的严重程度。

这真奇怪：大脑在有能力接收信息之前，竟然什么也接收不到。

第二天威廉打来电话，告诉我杰瑞去世了。“露西，让我带你离开这座城市吧。你不年轻了，瘦得皮包骨，而且从来不运动。你处境危险。让我接你一起走吧。”他又加上了一句，“只离开几周。”

“那杰瑞的葬礼怎么办？”我问。

威廉说：“不会有葬礼的，露西。我们现在的情况是——一团糟。”

“出城去哪儿呢？”我问。

“出城。”他说。

我告诉他我还有日程安排，我本该去见会计，本该去做头发。威廉说我应该给会计打电话，把见面的时间提前，同时取消美发预约，准备好在两天内和他离开。

我无法相信杰瑞去世了。我的意思是，坦白来讲，我无法相信。我有很多年没见到杰瑞了，也许这就是我想不通的原因。可杰瑞确实死了，我无法用大脑消化这件事。他是纽约市最早一批因疫情去世的人之一，当时我还不知道这一点。

但我把与会计见面的时间提前了，也提前了美发的时间。前往会计的办公室时，我乘坐那台狭小的电梯上楼：它总是每层楼都停，他在十五层，人们举着咖啡纸杯挤进电梯轿厢，然后就低头看着自己的鞋子，直到一层接一层地离开。我的会计是个块头很大、魁梧结实的男人，恰好与我同龄，我们一向喜爱彼此：这听上去或许有点奇怪，因为我们并没有什么社交来往，但从某种程度上说，他是我最喜欢的人之一，这么多年来一直对我那样友善。我走进他的办公室时，他说“保持安全距离”，朝我挥了挥手，于是我明白了我们不会像惯常那样拥抱。他开着有关病毒的玩笑，但我看得出来，他对此很紧张。我们的会面结束时，他说：“为什么你不坐货梯下楼呢？我可以带你过去，电梯里不会有别人。”我很惊讶，对他说，哦不，没必要这样。他等待了一会儿，然后说：“好吧。再见，露西·B。”扔给了我一个飞吻。我乘坐普通的电梯下到马路。“年底见。”我对他说。我记得我说了这句话，然后我搭乘地铁前往市区，去做头发。

我从来就不喜欢那个给我染发的女人——我喜欢前一个给我染发的女人，一直找她染了很多年，但她搬去加州了——现在这个女人接替了她的位置，我从来就不喜欢她，那天也不例外。她很年轻，有一个年幼的孩子，有一个新交的男朋友，那一天我了解到她不爱自己的孩子，她态度冰冷。我心想：我再也不会找你了。

我记得自己这样想。

回到公寓楼时，我在电梯里遇到了一个男人，他说自己刚去了二层的健身房，但健身房关门了。他似乎对此很吃惊。“因为病毒。”他说。

*

那天晚上威廉给我打电话："露西，我明天早上来接你，我们离开。"

这很奇怪，我是说，我并非全然不心慌，但仍然对他的坚持有些惊讶。"可是我们要去哪儿呢？"我问。

他说："缅因州的海岸。"

"缅因州？"我说，"你在开玩笑吗？我们要回缅因州？"

"我会向你解释的，"他说，"你做好出发的准备就行。"

我打电话给女儿们，转述了她们父亲的意思，她俩都说："只是几个星期而已，妈妈。"不过贝卡不打算去任何地方。她丈夫（他叫特雷，是个诗人）想留在布鲁克林，于是她要与他一起留下。

3

第二天早上威廉来了；他看上去更像是多年前的模样，头发长出来了，八字胡也长回来了——他刮掉胡子是5个月前的事了——但那胡子根本不是从前的样子，我觉得他看上去有点奇怪。这感觉出现在我看到他后脑勺的时候，那儿秃了一块，头皮是粉色的。另外，他似乎不太对劲。他站在我的公寓里，一副焦虑的样子，仿佛是嫌我的动作不够快。他在沙发上坐下，说："露西，我们现在可以走了吗？"于是我往紫罗兰色的小行李箱里随便丢了几件衣服，将吃过早餐后的脏盘子扔在原地。玛利——帮我打扫公寓的女人第二天会来，我并不想把脏盘子留给她，但威廉实在急着要离开。"拿上你的护照。"他说。我转过身来看着他。"老天，我为什么要拿上护照呢？"我问。他耸耸肩说："也许我们会去加拿大。"我去拿了护照，然后拿起了笔记本电脑，又把它放了回去。威廉说："拿上电脑吧，露西。"

但我说："不，只是几个星期，我不需要它。iPad就够了。"

"我觉得你应该拿上电脑。"他说，但我没有拿。

威廉取过我的笔记本电脑，自己拿上了它。

我们乘电梯下楼，我把小小的行李箱推向他的车子。我穿着最近刚买的春装新衣，那是一件深蓝色和黑色拼接的外套，上次我和女儿们去布鲁明戴尔百货时，她们说服我买下了它，那是几周之前的事。

4

这是那个三月的早晨我不知道的事情：我不知道我将再也见不到自己的公寓了。我不知道我的一个朋友和一位家人将在疫情中去世。我不知道我和女儿们的关系，将以我从未料想过的方式转变。我不知道我的整个人生将拥有某种新的面貌。

这是那个三月的早晨，我推着紫罗兰色的小行李箱走向威廉的车时不知道的事情。

5

开车驶离城市时，我看着公寓楼边冒芽的黄水仙、瑰西园附近正开着花的树；太阳散发着温和的热量从天空中滑落，人们在人行道上走过，我想：哦，多美的世界，多美的城市！我们驶入罗斯福快道，那儿和平时一样拥堵，路左边有一群男人在打篮球，球场四周有一圈铁丝网围栏。

一开上跨布朗克斯高速公路，威廉就告诉我，他在一个名叫克罗斯比的镇子上租了一栋房子——镇子在海边，帕姆·卡尔森离婚多年的丈夫鲍勃·伯吉斯现在住在那里，为威廉找了这栋房子。帕姆·卡尔森是一个与威廉断断续续有多年婚外情的女人，这不重要。我是说，这不再重要了。不过帕姆仍然与威廉关系很好，与她的前夫鲍勃也是如此，看样子鲍勃是镇上的律师，而那栋房子的女主人最近将它公开出租：她丈夫去世了，她住进了养老院，委托鲍勃管理房产。鲍勃说我们可以待在房子里；租金还不到我纽约公寓房租的四分之一，何况威廉也有钱。

"待多久？"我再次问道。

他犹豫了。"可能只是几个星期。"

*

如今回想起来，奇怪的是，我竟然根本不知道当时发生了什么。

*

之前那几个月里我有些意志消沉，因为我丈夫在一年前去世了，还因为我通常会在巡回售书结束时情绪低落，与此同时，我没法在旅途中给大卫打电话了，这让情况变得更糟。这是巡回售书活动让我最难忍受的地方：不能每天和大卫说话。

不久前，我认识的一位作家——她叫埃尔西·华特斯，她丈夫过世的时间只比我丈夫大卫早一点，因此我们尤其亲密——她找我吃晚餐，当时我告诉她我太累了。没关系，她说，等你休息好了，我们就马上聚！

我也永远忘不了这个。

*

威廉一度停下来加油，我瞄了一眼车后座，看到一只干净的塑料袋里装着像是医用口罩的东西，还有一盒一次性手套。我说："这些是什么？"

“别担心。”威廉说。

“但它们是什么？”我问，而他说：“别担心，露西。”但他拿起加油枪前，先戴上了一副一次性手套，我注意到了。我觉得他对所有这些事真的有点反应过度，我暗暗翻了个白眼，但对此什么也没说。

*

于是那天威廉和我驶向缅因州，那是一段沐浴在阳光中的漫长车程，印象中我们没有说很多话。但威廉对于贝卡留在布鲁克林的事情很生气。他说：“我告诉过她，我会出钱让他们在蒙托克找栋房子住，但他们不听。”他补充道：“贝卡很快就会居家办公了，等着瞧吧。”贝卡为市区做社会福利工作，我说我不认为她能居家办公，而威廉只是摇了摇头。贝卡的丈夫特雷在纽约大学教诗歌——他是个兼职教授，我也不认为他有居家办公的可能。但是我没有把话说出口。在某种程度上，我觉得这一切不太真实；我是说，因为——很奇怪地，我没有那么担心。

6

我们终于驶出缅因州的公路，朝克罗斯比镇开去时，天空突然变得十分阴沉；我摘下墨镜，一切看上去都带着浓重的棕褐色，显得那么黯淡无光，却也在某种意义上很有趣：我们路过的草丛中有深深浅浅许多种不同的棕褐色，这带着一种宁静的意味。接着我们开进了镇子，这里有一座建在小山顶上的大教堂，还有砖铺的人行道和装着白色墙板的房子，也有一些砖砌的房子。从某种角度看，你会觉得这镇子很可爱，如果你喜欢这些景象的话。

我不喜欢。

我们在鲍勃·伯吉斯的家门前停下——那是一栋位于镇中心的砖砌房子。房子周围的树灰白、细瘦，没有叶子，天空也阴森森的——鲍勃走出家门，站在车道上，和我们的车保持着一段距离。他是个高大的男人，头发花白，穿着牛仔衬衫和有些松垮下垂的牛仔裤，站在那里俯下身来看我们——威廉已经打开了车窗，鲍勃说钥匙在房子前廊，他告诉我们去那里的路，然后说：“你们会隔离两周的，对不对？”威廉说对，我们会的。鲍勃说他在房子里放了食物和日用品，足够我们撑两周的时间。我试图越过威廉去看他，他看上去友好得一塌糊涂，但我不是很明白威廉为什么不下车，以及他们为什么不握手。我们开车离去时威廉说：“他怕我们。我们刚从纽约来。在他看来我们有病毒，我们可能确实有。”

*

我们沿着一条绵延无尽的窄路向前开，周围有几棵常青树，但其他的树木都光秃秃的，我凝视着车窗外，突然惊奇于眼前的景象——路的两边都是海洋，而我从来没有见过像这样的海。尽管天空阴沉，它也向我展示着难以置信的绚丽：没有海滩，只有深灰色和棕色的岩石，以及看上去就扎根在岩脊中的带刺常青树。一片深绿色的海水打着漩儿漫过岩石，绿水四处飞溅时，金褐色的、近乎是深紫铜色的海草，就像波浪一般伏在石头上。大海的其余部分则是深灰色的，离海岸更远的地方涌现出小小的白色浪花，只有一片广阔无垠的水天。我们驶过一个转弯，就在那里，有一处泊着许多捕虾船的小海湾；空气似乎格外清冽，所有停在小海湾中的船只都朝着同一个方向，背对着茫茫大洋——坦白说，我觉得这景象很美。我想：这是大海！对我来说它就像异国，只不过说实话，异域总会让我感到害怕。我喜欢熟悉的地方。

*

我们要住的房子从外面看起来很大，它位于岬角尽头，坐落在一处高高的悬崖上，周围再无其他房屋。它是木制的，未经粉刷，因而饱受风霜侵蚀。一条十分陡峭、崎岖的车道将我们带到房前；我们攀上这条路时，车子左摇右晃。一踏出车门我就闻到了空气的味道，我明白这味道来自汪洋，来自大海。然而这里不同于蒙托克，后者位于长岛东端，女儿们年幼时我们会去那里；这里也不像大开曼岛。这是一种刺鼻的咸味，我不是很喜欢。

房子本该很可爱，我的意思是，你能看出它曾经很可爱，有一道巨大的玻璃前廊，就在水面正上方；

但走进房子时，我有一种在别人家时常有的感觉；我讨厌它。我讨厌来自别人生活的气息——这气息与海洋的气味混合在一起，而那条前廊的“玻璃墙”其实是厚厚的树脂板，家具很奇怪，不过也并不能这么说——我的意思是，它们都是些传统物件，一张松塌下陷的暗红色沙发、各种各样的椅子，还有一张有许多划痕的木头餐桌，楼上是三间卧室，每张床上都铺着拼布被单。这些被单具有的某种特质让我十分抑郁。屋里还冷得要命。“威廉，我好冷。”我从楼梯上朝他喊道。他并没有抬头看我，却走到恒温器旁，过了一会儿，我能听到房间旁边地板上的通风口中有暖气吹出。“把温度调得高高的。”我说。房子并不像它带有的巨大前廊的外观那样高大，反而正是因为前廊，室内相当昏暗，这也要归咎于外面阴沉的天气。我四处走动，几乎把房子里的每一盏灯都打开了。

处处都有种轻微的潮湿感。厨房和客厅正对着大海，站在那里时，我又一次想，它是那么令人难以置信，完全是开敞的水域；其中有岩石，幽暗的海水与之撞击时激荡着白色的波浪，打着漩儿从石头上涌过。它不同凡响。在更远的地方，我能看到两座岛屿，一座很小，另一座大一些，岛上有几棵常青树，可以看到环绕着树木的岩石。

看到这两座岛屿，我有一种甜蜜的感觉，它们让我想起了我还是个孩子时，住在伊利诺伊州阿姆加什的村镇上，我家那栋坐落在大豆田和玉米地中间的小房子里的情景。田地里有一棵树，我总是把那棵树当作朋友。现在，看着这两座岛屿，它们给我的感觉与当年那棵树给我的几乎无异。

“你想住哪间卧室？”威廉一边问我，一边把行李从车里搬到客厅地板上。

这三间卧室不是特别大，最远的那间外面，有树木一直长到了窗口，我告诉威廉我不想住那间，至于其余的两间，我住哪间都无所谓。我站在楼梯下面，看他把我的行李箱和他自己的一只帆布袋拖上楼。“你这间有天窗。”他大声说，接着我听到他走进另一间卧室，片刻后又出现在楼梯上，手里拿着他冬天穿的外套。他把外套扔给我，说：“先穿上，等你暖和了再脱。”于是我穿上了外套，但我一向很不喜欢穿着外套坐在屋里。我说：“我很惊讶你竟然知道要带上冬天穿的外套。你是怎么知道要带上它的？”他一边走下楼梯一边说：“因为这是缅因州，是北方，现在又是三月份，这里要比纽约冷。”我觉得他的语气中并无嘲弄之意。

就这样我们安顿了下来。

“我们这两个星期中不能见任何人。”威廉说。

“连散步都不行吗？”我问。

“我们可以散步，但要避开其他人。”

“我不会见任何人。”我说。威廉瞥了一眼窗外：“没错，我想你不会。”

我不开心。我不喜欢这座房子和周遭的寒冷，我也不知道我对威廉是什么感觉。在我看来他似乎有些杞人忧天，而我不喜欢忧心紧张。我们在那张小圆餐桌上吃了第一顿饭，番茄酱意大利面。冰箱里有四瓶白葡萄酒，看到它们时我很吃惊。“这是鲍勃给我们的？”

“是给你的。”威廉说。我说：“你和他说的？”他耸耸肩：“可能吧。”威廉很少喝酒。

“谢谢你。”我说，他朝我抬了抬眉毛，我稍微有种我在大开曼群岛旅行时的感觉，那是好几个月前的事了——我觉得威廉有点陌生，他浓密夸张的八字胡还没有完全长回来，我可能还没看习惯。

但我可以这样过两周，我告诉自己。

上楼后，我走进最远处那间树枝紧贴着窗口的卧室，然后我看见——我之前甚至没注意到——正对着窗户的墙壁边有一个大书架，上面有很多书：大部分是维多利亚时代的小说，还有历史书，特别是讲“二战”的。我拿走床上的被单，把它铺在了我卧室床上的那条被单上。睡着后，我整夜都没醒来，这让我很惊讶。那是一个周四的夜晚，我记得这个。

*

我们度过了周末，一起散步，也各自分开散步。天空浓云密布，除了悬崖顶上房子旁边那小小的一块绿草地外，再找不到其他色彩。我坐立不安，而且时时刻刻觉得冷。我受不了寒冷。我的童年时代极度贫穷，小的时候总是挨冻；我会在每天放学后留在学校里，只是为了取暖。即使待在这栋房子里，我都要穿上两件毛衣，再套上威廉的开襟毛衫。

7

星期一早上，威廉在电脑前读东西，他说："你知道有位名叫埃尔西·华特斯的作家吗？"我很惊讶。"知道。"我说。他把电脑递给我。我就这样得知，埃尔西·华特斯，那个我本该与她聚餐，却告诉她我很累的女人——因为疫情去世了。

"哦我的老天！"我说，"不！"

电脑屏幕上的埃尔西灿烂地微笑着。"把它拿走。"我说，把电脑递还给威廉。泪水涌入我的双眼，却没有流下来，我去拿了外衣和手机，走到了屋外。不，不，不，我不停地想；我怒不可遏。然后我给她的一位我也认识的朋友打了电话，那位朋友在哭。但我无法哭泣。

那位朋友告诉我，埃尔西是在家中去世的，她打过 911 急救电话，但医护人员赶到时，她已经失去了呼吸。我们又聊了几分钟，我意识到我无法安慰我们这位共同的朋友，而她也无法安慰我。

我不停地走啊走，就像置身于某条隧道。我一直想哭，但哭不出来。

到了周末，纽约又有三个我认识的人感染了病毒；另外有几个人出现了症状，但没法做病毒检测，因为医生不想让他们进诊室。这吓到了我：医生竟然不让人去他们的诊室！

我给玛利打了电话，就是那个帮我打扫公寓的女人，我让她不要再去我的公寓了；我不想让她乘坐地铁。她说她已经在我走后的第二天去了公寓，但之后不会再去了。她丈夫是我公寓楼里的门卫，她告诉我，他正从布鲁克林开车过去——为了避开地铁，他会每周去给我那株很大的绿植浇水。那是我唯一的植物，已经养了二十年——是我刚从威廉家中搬出来时养的，我对它喜欢得不可救药。我一再地向她道谢，为这株植物，为她所做的一切。她听上去很冷静。她信教，她说她会为我祈祷。

*

刚到这里时，我已经给女儿们打了电话，现在我又打给了她们，克丽茜听上去很正常，但贝卡似乎情绪很差——依我看，是牢骚满腹，而她也不想聊太久。“对不起，”她对我说，“我只是现在有点看什么都不顺眼。”

“这可以理解。”我告诉她。

*

客厅的角落里塞着一台大电视，鲍勃·伯吉斯一直接通着线路。我极少看电视——小时候，我家里没有电视，我想这或许就是原因之一，我是说，我从没弄清我和电视之间的关系——但威廉晚上会打开这台电视，于是我们会看新闻。我对此并不介意，我觉得这让我（让我们）与世界有所联系。电视上有关于疫情的新闻：每天都又有一个州出现了更多的病例，但我还是不明白即将发生什么。一天晚上卫生局局长说，事情在变好之前，总会变得更糟。我确实记得自己听到了这句话。百老汇已经关闭了剧院（！），我也记得这个。

*

前廊里贴墙放着一只箱子，看上去像只旧玩具箱，威廉和我在里面找到了一盒老旧的飞行棋。盒子的边角朽破不堪，已经裂开，但威廉把它拿了出来。我们还找到了一盒拼图，看上去很有年头，但拼图片还在——就我们所知——那是一幅梵高的自画像。我说："我讨厌这种东西。"他说："露西，我们被关在这里，别再什么都讨厌了。"他在客厅角落的一张小桌上铺开拼图，我帮他找出外围边框的拼图片，然后在绝大部分的时间里都没再去碰它。我从来就不喜欢玩拼图。

我们下过几次飞行棋，我不住地想：我迫不及待地想结束一切。我是指这盘棋。

我是指所有这一切。

8

我们来到这里正好一周后，我给我在纽约的一位医生打了电话，他为我开安眠药以及治疗恐慌症的药片。我给他打电话是因为药马上就要吃光了，而且自从得知埃尔西·华特斯的死讯后，我就没睡过好觉。这位医生已经不在纽约城中了，他去了康涅狄格州，那天他告诉我，去过超市后要换洗衣服。“认真的吗？”我问，而他回答：“是的。”我告诉他隔离结束后，威廉才是那个大概率会去杂货店的人。他说，好吧，那么威廉购物回家后应该换洗衣服。

我不敢相信。“认真的吗？”我又问了一次，他说是的，这和你锻炼后换洗衣服没有任何分别。

我说：“但你觉得这种情况会持续多久呢？”他说：“我们很晚才开始采取措施，我猜会超过一年吧。”

一年。

这是我第一次感觉到一种非常——非常深的忧虑，然而这个讯息进入我头脑的过程很慢，慢得出奇，当我把医生的这番话告诉威廉时，他什么也没说，我明白他并不惊讶。“你知道？”我问他，而他只是说：“露西，没人知道一切。”于是接下来——慢慢地，它似乎来得很慢——浮现在我脑海里的是，我明白我在很长的一段时间里都回不到纽约了。

“还有，你去杂货店购物回家后应该换洗衣服。”我说。威廉只是点点头。

我觉得难过极了，就像个孩子似的，我想起了小时候读过的那本童书《海蒂》，海蒂被送去了某个地方，难过到患上了梦游症。不知为什么，她梦游的样子不停地在我脑中盘旋。我无法回家了，这个讯息时时刻刻都在往我内心更深的地方渗去。

*

接着：

威廉和我在电视里看到，一种恐怖的氛围突然在纽约爆发，我感觉自己几乎无法理解消化。每天晚上，纽约在威廉和我的眼前呈现为一系列可怖的景象，一幅又一幅的画面上，是被送去急诊室、戴着呼吸机的人们，没有佩戴合适口罩和手套的医院护工，还有不断死去的病人。救护车急速驶过街道，那是我认识的街道，那是我的家！

我看着这一切，相信着这一切，我是说我知道它正在发生，这就是我的意思，但描述我看到这些事时的大脑很难。就好像电视屏幕和我之间有一段距离。当然是有距离的，但我的大脑就好像后退了一步，隔着一段真实的距离观看，即使在我感受到恐怖时也是如此。即使是现在，许多个月之后，我记得在电视上看到过一个淡黄色的影像，那一定是穿着工作服的护士们，或者是裹着毯子、正在被送往医院的人们，但在我大脑里的，只是这段晚上看电视后留下的奇怪的淡黄色记忆。我们（我）——在我看来——开始对每晚收看电视新闻上瘾。

我很担心急救车上的救护人员，担心他们会全都生病，还有在医院工作的人们。我想起了一位盲人，公交车停靠在我公寓前的站台时，我有时会帮助他下车，我很担心他，他现在敢抓住其他人的手臂吗？还有公交车司机！与他们接触的所有人——！

这段日子里看新闻时，我也注意到了关于我自己的一件事。那就是我的视线会落到地板上，我是说我无法一直看着电视。我想：这就好像是有人在对我说谎，我没法看着那个正在说谎的人。我不认为新闻在对我说谎——如我所说，我明白这一切都是真的；我只想告诉你，一连好几天——后来又变成了好几周，我们晚上看新闻时，我常常盯着地板。

人类忍耐的方式真的耐人寻味。

*

这段日子里，我们每天都会给贝卡打电话，她说妈妈，太可怕了，冷藏车就在我们的公寓外面，里面装满了死去的人，我出去时它们就在那里，我也能从窗前看到它们。“老天哪，”我说，“别出去！”她说她只有家里急需什么东西时才会出门。讲完电话后，我围着房子走了一圈又一圈。我不知道该如何让心绪安定下来。

*

这有一种消声静音的感觉。

就像在水下时，耳朵会堵塞一样。

*

威廉说得没错，贝卡现在居家办公，她的丈夫特雷在线上给学生授课。贝卡说："我试图在卧室办公，特雷在客厅授课，他抱怨说还是能听到我的声音。我们不能出门——我们该怎么办呢？老天，他是那么烦躁。"她说。

在康涅狄格州，克丽茜和她丈夫迈克尔也在居家工作。迈克尔的父母先前说自己会待在佛罗里达，所以他俩可以独占房子。这片地产中包括一栋小客房。"真高兴我们不必一起挤在房间里，至少我们拥有这整片地方。"克丽茜说。

9

两周的隔离结束后，鲍勃·伯吉斯过来查看我们的情况。他显然事先给威廉发了短信，告知自己会顺路过来，但威廉还是出门去走他当天的头五千步了，所以当鲍勃驶上门前车道时，我独自一人在家。我出去见他，他站在悬崖边的那一小块草坪上，问我想不想出来坐坐。他带来了一把折叠草坪椅，这栋房子的前廊上也有几把折叠椅。于是我穿上春装外套，外面套上威廉宽大的开襟毛衫，拿了一把折叠椅出去，坐在鲍勃旁边。他戴着一只口罩，像是自制的，布料里层有花的图案，我说："稍等一下。"我去威廉的房间拿了一只口罩——我在一只干净的塑料袋中找到了口罩——然后我们互相隔得远远地坐在折叠椅上，我是说，如果没有疫情，我们不会隔得这么远。

"离奇的世道啊。"鲍勃身子前倾，将手肘支在膝盖上。我说："是啊，很离奇。"

悬崖顶上很冷，周围狂风肆虐，但鲍勃似乎不觉得冷；我用威廉的毛衣遮住了一部分脑袋。

鲍勃向后靠去，四下看看，我意识到他很害

羞——我突然意识到了这一点——于是我说："鲍勃，我真不敢相信你对我们这么好。老天，谢谢你，也谢谢你的酒。"

他看向我，他有一双淡蓝色的眼睛，我发现这给了他一种甜蜜的忧伤感。他是个高大的男人，但并不胖，脸上温柔的神情让他看上去比实际年龄更小，尽管隔着口罩很难看清楚。"没关系。很高兴帮到你们。你知道，威廉和帕姆是多年的朋友，所以我很高兴能给你们帮忙。"我有一种近乎愧疚的感觉——鲍勃的前妻是一个很久以前和威廉上过床的女人，但鲍勃丝毫没有表露出他知道这件事，抑或他知道的话，此事也根本不再重要。他说："我妻子玛格丽特会过来，不过说实话，她对纽约人有点偏见。"他坦白地说出了这一点，让我很喜欢。我说："你是指，就是因为我们来自纽约？"他摆了摆手："是啊，这里很多人都是这样，觉得纽约人自视高人一头。"我说："我明白了。"因为我的确明白。

他犹豫了一下，然后说："不过露西，我只想告诉你，你的回忆录真的让我很震撼。"

"你读过？"我问。

“是啊，”他点点头，“让我叹为观止。玛格丽特读过后也很喜欢。她认为这本书是讲母女关系那类事的，但我觉得它讲的是受穷。我来自——”鲍勃犹豫了一下，然后说，“比较匮乏的家庭，顺便提一下，玛格丽特的出身并非如此。我想如果你并非出身——嗯，出身贫寒，也许思维就会掠过这一点，认为这本书是讲母女关系的，它也的确讲了，但它真正讲的，或者在我看来它真正讲的，是努力跨越这个国家之中的阶级鸿沟，还有——”

我打断了他。“你说得完全正确。”我将身子稍稍前倾，“谢谢你读懂了这本书真正所写的。”

我忍不住一直在想鲍勃·伯吉斯。哦，他让我的孤独感减轻了那么多！他很担心贝卡以及她公寓外面的冷藏车；他曾在布鲁克林居住过许多年，对贝卡的情况是那么关心。他告诉我他自己没有孩子，他的精子数量不够多；他就这样将这件事说给我听，仿佛是在说天空的颜色，但他接着说这是人生中唯一一件让他难过的事情，就是他没有孩子，我说我理解。

然后我们聊到了纽约。“天哪，我真想念那里。”

鲍勃说着真切地摇了摇头，我说，哦，我也一样！我告诉他我们离开时树上正开着花，城市在阳光的照耀下是那么美丽。鲍勃环视四周，“这里的三月很糟糕，”他说，“而四月，”他补充道，“简直太糟了。”

鲍勃在缅因州的雪莉瀑布镇[1]长大，距离这里不到一小时车程。他曾在纽约做公设辩护律师，与第一任妻子帕姆在那里居住了许多年，在这之后他回到缅因州，与现任妻子玛格丽特重新在雪莉瀑布镇定居。他们几年前才搬来了克罗斯比。接着鲍勃向我讲起了温特伯恩夫妇，我们居住的房子就是这对老夫妻的。他说格雷格·温特伯恩曾在雪莉瀑布镇的大学教过很多年书，实际上是个人渣，但他的妻子还不错，虽有一点冷漠，但比格雷格强。我告诉他许多年前，我曾受邀前去那所大学朗读作品，台下没有一个人到场。我说，我发现系主任从没有宣传过那次活动。

鲍勃无法接受这件事。他说他不知道当时的英文系主任是谁，但他摇了摇头。“老天。”他说。我觉得我可以和鲍勃聊上好几个小时，我想他也有同感。真

1 这是伊丽莎白·斯特劳特以自己缅因州的家乡为原型虚构的小镇，她以这座小镇为背景写作了一系列小说。

希望我对他说了请再来。他离开时说："如果你需要什么就叫我。"他收起折叠椅，带着它离开，而我只是感谢了他。我没有说：请再来吧！

*

威廉经常和埃丝特尔——去年离开他的那任妻子——以及他们的女儿布里奇特讲电话。在请求我们的女儿离开纽约时，他也向这对母女提出过同样的请求，埃丝特尔听从了，她去了拉奇蒙特找她母亲，就在纽约市外，现在她和布里奇特以及她的（埃丝特尔的）新男友待在那里。我惊讶于威廉和她俩讲话时的口吻，他说话时带着深厚的爱意，有时候我会听到他和埃丝特尔一起大笑，放下电话后他会说："老天，她给自己找了根废柴。"意指她的新男友，但威廉的语气从不带刻薄讥讽之意。有一天他说："我看不出这能有什么好结果。"我从没问过他关于那个男人的事，这似乎不关我事。

"她们还好吧？平安无事吗？"我问，他说是的，她们很好，都在努力撑下去。大多数情况下我听不到这些电话，因为他会去屋外的前廊里，或是在散步时和她们通话；他经常和她们视频聊天。

有一天我说：“威廉，你不气埃丝特尔吗？”她甩了威廉还不到一年。威廉是位寄生生物学家，他去旧金山的一场寄生生物学会议上发表论文时，埃丝特尔离开了他。威廉回家后发现了埃丝特尔留下的一张字条，上面说她走了。她拿走了大部分地毯，还有一些家具。

威廉略带吃惊地看着我。“哦，露西，她是埃丝特尔。你能对埃丝特尔气多久呢？”

于是我懂了。埃丝特尔是位职业演员，尽管我只在一部戏里看到过她。但这些年来我见过她很多次，她是个友善的人，有些胆子，这是我对她的印象。

我没有打听乔安妮的情况，她是威廉的第二任妻子。我认为乔安妮是很恨威廉的，因为是他离开了她。我不关心乔安妮；我和威廉还是夫妻时，他们有过婚外情，而她是我的朋友。她的名字从未被提起。

但当布里奇特因为某些事情不好受的时候，威廉会告诉我——通常是因为埃丝特尔的男朋友。“天哪，那个可怜的孩子。”威廉会这么说，摇着头，“那家伙根本不知道该怎么和小女孩说话，他从没有过孩子，而且就是个浑蛋。”

我为布里奇特感到难过，然而有些时候——不是经常，我对此并不自豪——我会因为威廉那么频繁地和她讲话、谈到她而略有些生气；我们吃饭时他会和她发短信，这有时会让我很生气。有一次我说：“她会不会更愿意在这段日子里跟着你？”他看上去很吃惊，然后说：“我不知道。”他补充道：“即使她这么想，她也不会希望如此的，不会。她是她妈妈的女儿，这一点毫无疑问。”

如果当时我知道等待着贝卡的是什么，我就一点儿也不会怨恨布里奇特了。

二

1

关于我丈夫大卫，在这段日子里我当然经常想起他。我想起童年时的一次事故让他的髋关节受了伤，因此没法多做运动。我想，天哪，他很可能会因为这次疫情去世的！另外，他是爱乐乐团的大提琴手，现在乐团已经停演了。整个林肯艺术中心都关门了。这让我很困惑，我无法理解这件事；我是说不知怎么，这似乎让大卫更彻底地离我而去了。我散步时会想：大卫！你在哪里？我再也不能听他演奏过的那些古典乐。我的手机上装有那个电台，有一次散步时我戴上耳机收听，那音乐仿佛是以复仇之势，来势汹汹地攻击着我。

*

我每周给我哥哥打电话，这是我多年来的习惯，同样出于习惯，我每周也给姐姐打电话。

我哥哥皮特从没离开过伊利诺伊州小镇上我们童年时代所住的那栋小房子，父母去世后，他独居在那里；他说疫情发生后自己的生活没什么变化。他说：“我已经与人保持社交距离 66 年了。”但他在电话里总是对我很友善——他是一个忧伤而温和的人，得知我和威廉在缅因州，他觉得这件事很有趣。

我姐姐薇姬在一家疗养院上班，与我哥哥家相隔一个镇子。薇姬有五个孩子，最小的是个女儿，生她时薇姬年纪不轻了，现在她俩在同一家疗养院工作。我应该在此说明，我 17 岁时拿到了芝加哥郊外一所大学的全额奖学金，去那里上学完全改变了我的人生，彻彻底底地改变了我的人生。我家里没有人有过高中以上的学历。因此前几年，当薇姬的小女儿莉拉拿到了同一所学校的全额奖学金时，我非常为她激动。但她一年后就回家了。

我很担心她俩在疗养院工作是否安全，我姐姐说："嘿，我必须工作啊，露西。"她的语气阴冷无情，她已经阴冷无情许多年了，我明白原因。她的日子不好过。我现在仍然会每个月给她寄钱，她从不承认此事，而我也并不怪她。她丈夫在几年前丢掉了工作。事实上，我想起她时会很难过，想起莉拉时也是，她像我一样拿到了大学的奖学金，我曾经是那么盼望莉拉的人生会变得不同，但她没办法做到。

谁知道人与人为什么会各不相同？我想，我们天生带有某种禀性，然后，世界朝我们挥拳一击。

2

几周后，威廉有一天晚上对我说："露西，做饭的事情交由我来吧。请别生气，我只是喜欢做饭。"

"没有生气。"我向他保证。我从来就对食物没兴趣。

和大卫在一起时，主要是他来做饭，他总会确保晚上乐团有演出时，我在家里有东西吃。我想起大卫把头伸进冰箱，拿出一盘被盖起来的菜，说着：“嘿，露西，这是你今天的晚餐。”——我坐在那里，看着威廉在厨房里忙活，想起了这件事，一阵寒战袭遍我的心。有时候我不得不将脸背过去几秒钟，紧紧闭上眼睛。

每天晚上威廉都会做些不一样的饭菜。他做了意大利面酱汁，做了猪排，做了烘肉卷，做了鲑鱼。但他也把厨房弄得一团糟，由我来负责打扫干净。每顿饭他都希望得到许多赞扬——我注意到了这一点，于是把他夸上了天。我觉得自己已经把他夸上了天，但他总是问我，甚至是在我夸完他后问我：“那么你喜欢吗，饭做得好吗？”

“岂止是好，”我会说，“是棒极了。”然后我会去清理厨房。

我明白这可能会让人难以置信，但确是真事：

小时候，我家的餐桌上没有盐罐或胡椒瓶。就像我说过的，我们非常穷，我发现很多穷人家里还是有盐罐和胡椒瓶的，但我家没有。许多时候我们的晚饭是一片抹了糖浆的白面包。提及这件事，是因为直到上了大学，我才明白食物可以是好吃的。我们一群人每晚坐在餐厅的同一张桌子上吃饭，有一天晚上我注意到那个坐在我对面的小伙子——他叫约翰——拿起盐罐和胡椒瓶，给盘子里的一块肉撒上这两种调料。于是我也照做了。

我不敢相信！

我不敢相信盐和胡椒带来的变化。

（但我还是从没对食物产生过兴趣。）

3

一天，一个男人拿着包裹出现在前廊；东西是给我的，来自 L.L.Bean[1]。威廉去散步了，我打开包裹，看到一件正合我尺码的冬装外套，衣服是蓝色的，我穿上非常合身，此外还有两件毛衣、一双运动鞋，也是我的尺码！“威廉！”他走上车道时，我朝他大喊，“看看你给我买了什么！”

---

1 L.L.Bean：美国户外运动品牌。

“去洗手。”他说，因为我开了包裹。我听从了，我洗了手。

威廉把包装盒放回到前廊上，然后也进屋洗了手。

*

每天早上威廉都会在我起床前出门散步；他习惯早起，会在那时走完一天中的头五千步。即使阴天时也是如此，而这里经常阴天。从天窗里照进来的光会把我弄醒，我每天早上都会和他说这件事。他回来时我会把盛着麦片的碗摆好，这里有脆谷乐，我们在桌边坐下吃早餐，奇怪的是，我很喜欢这样，这或许是我每天最喜欢的时刻了。和大卫在一起时，早餐也一直是我每天最喜欢的时刻，但现在理由不同了，因为威廉——多多少少，大部分时候——我很熟悉他，而且每当此时，总会有一种微小但对我来说却很真实的希望感：也许今天会不一样，疫情会过去，我们可以回家了。吃完早餐后我们会移步客厅，看着窗外的海水。外面很冷，不怎么有阳光，大海始终是灰蒙蒙的。我喝完咖啡，会穿上新买的冬装外套，出门散步。

我们唯一能选择的散步路线，是回到那条通往岬角的路上。走路时四下无人，不过我有时会感觉窗户后面正有人看着我。路很狭窄，树木光秃秃的。我再次想到，纽约已经有开花的树了，还有公寓楼前的郁金香。那么多人正在死去，而纽约的一切却仍然是那么美丽，这感觉很奇怪。

一天我散步时想起了这件事：在我纽约一位朋友的住所（在格林尼治村）附近，有位老妇人，外面天气非常热时，我和朋友会看见她。那位老妇人住在一栋没有电梯的六层楼房里，她会将一把折叠椅搬到人行道上坐下，她说自己家里太热了，待不住。我们和她聊过几次天，她常常拿着蓝色纸杯，里面装着咖啡，那是熟食店的男人给她的。她现在在哪儿？她不能坐在纽约的人行道上了！她怎么买日用杂货？她还活着吗？

我接着想，威廉带我来这儿是正确的，虽然见不到太多人，但我可以自由地散步。为什么有些人比别人幸运——我无法回答这个问题。

*

在我所走的这条窄路上，这条冷风迎面而来、树木全都光秃秃的窄路附近，有些小房屋。有些像是避暑小屋，另一些看上去一年四季都有人住。其中一处的前院里堆积着黄色的金属捕虾网，一块木板斜靠着它们，上面披挂着涂成红色的浮标。另一处房子旁边有许多许多旧船——就像一座旧船垃圾场——不远处有一辆拖车，有一次我在那儿看到了一个男人，我朝他挥手，但他没有挥手回应，我觉得很不自在，部分是因为我如此频繁地在这条路上散步。我一直走到了我们第一天开车经过的那个小海湾，当时它是那样无声无息地刺激着我，令我激动不已；现在它仍然给我一种静穆的敬畏感，我会坐在长椅上，看着那些船，其中一些船上立着高高的杆子，朝天空的方向伸去——不是桅杆，是金属制成的，一定和捕鱼有关；

剩下的则是龙虾船，水中漂着浮标。有时会有海鸥尖声鸣叫着，扑向码头。这里有两座木头做的旧码头，随着潮水涨落，它们时而会露出高高细细的支架——那是木质的高柱——时而像是直接搭建在水面上。然后我会往回走。

一天早上，一个老人坐在一栋小房子前的台阶上，吸着一支香烟；台阶不平整，稍稍偏向一侧。房子是白色的，但已经好一阵子没重新上漆了。他挥了挥那只拿烟的手，动作幅度很小。我停下来说："嗨，你好吗?"老人说："哦，我很好。你怎么样?"我说："哦，很好。"他吸了一口香烟。他说："你住在温特伯恩家的房子里?"我说没错。"你叫什么名字?"我问。他说："汤姆，你呢?"我回答："露西。"他露出了一个灿烂的微笑，说："嗯，这是个非常可爱的名字，亲爱的。"只不过他说的是"亲耐的"。他的牙齿看上去就像一副过大的假牙。我们又挥手致意，我继续往前走。

几辆车开过来，路太狭窄了，它们不得不在我身旁放慢速度，尽管我已努力避让到路边。

*

那天我走回来，爬上陡峭的车道时，看到了威廉车子的后窗上插着一块很大的硬纸板，上面写着大字：纽约人滚出去！滚回家去！

我真的很害怕，威廉出来看到这一幕时，他很不开心，但他只是撕掉了纸板，把它扔进了垃圾桶。

三

1

据说寡居的第二年要比第一年更糟糕——我想这是因为它带来的冲击已经褪去，你只能学会去适应缺失的生活。甚至在我和威廉来缅因州之前，我就发现这句话千真万确。但现在有些时候，我会觉得自己好像是第一次得知大卫的死讯。内心的悲痛感会让我大吃一惊。身处这个大卫从未来过的地方——我是说，我真的有点无所适从。

我没有和威廉说过这些。

威廉喜欢修补东西，但这种感觉是无法被修补的。

我还明白了一件事：悲伤是一件私人的事情。天啊，它真的是一件私事。

*

威廉试图在线上完成实验室的工作，但他的助手现在也不能去实验室了，他们在电话里讨论一直在试图推进的实验，他不断叮嘱她别担心。然后有一天他对我说："去他的，那反正也是个愚蠢的实验，我很快就要退休了。"

"你真的要退休了?"我问。他耸耸肩说，是啊，很快了，但他并不想谈这件事；他是这么说的。

然而威廉读得下书。我很惊讶他带来的书读得那么快：小说，还有总统和其他历史人物的传记，以及他在楼上卧室里找到的书。而我没法阅读。我没法集中注意力。

最初的几周中，我常常会在下午睡一会儿，醒来时总是很震惊：我不记得自己是怎么睡着的，也不知道自己身在何方。

威廉在下午出门，开始当天的第二次散步，往往他回来时，我会开始我自己的第二次散步。我有时会看见那个老人坐在房前的台阶上抽烟，他总是说："嗨，亲耐的！"而我会挥挥手："嗨，汤姆！"然后我往回走，爬上那条岩石嶙峋的长长的车道，树枝像巨大的蜘蛛一样，在车道上方弯成拱形。

我们就是这样生活的。

不可思议。

2

有件事尤其让我困扰：

每当我回忆起纽约的公寓时，它都变得很不真实。说来奇怪——也难以解释，我不喜欢这样。我是说，我不喜欢回想起那间公寓，它让我心绪不宁。我有一种分裂成两半的感觉，一半的我和威廉在缅因州，另一半的我回到了纽约的公寓。但我没法回去，因此那一半的我就像个影子——我只能这么形容。每次想起大卫那把斜靠着我们卧室墙壁的大提琴，我都会很伤心——但不仅如此，我还会回避这种感觉，而它则越发困扰着我。它让我非常焦虑，这就是我想说的。

*

我和纽约的朋友们通电话。我认识的一个年纪较大的女人感染了病毒，但似乎问题不大；她失去了嗅觉和味觉，身上很多地方疼，不过仅此而已了。另一个女人的父亲因病去世。一对夫妻双双感染了，似乎正在好转的过程当中。还有一个女人没有踏出过自己的公寓半步。

*

压在我胸口的悲伤起起落落，随着——随着什么呢？我不知道。

天气仍旧冰冷、阴寒。

关于我的职业生涯，我想，我再也写不出一个字来了。

*

里屋有一台旧洗衣机，还有一台烘干机，我们轮流洗衣服，工作量并不大，但我发现威廉每隔两天就会洗他的牛仔裤。我不记得我们还是夫妻时，他是不是也这样，我觉得不是。

四

1

有一天我在后面的储藏室里乱翻，找到了一块旧桌布，把它拿了出来。桌布是圆形的，上面有褪色的花朵，下沿有一圈褪色的粉色绒球。“哦，这太棒了。”我说，把它铺在了餐厅的桌子上。

“你在开玩笑吗？”威廉问。我说不，我没有。

2

想起丈夫大卫，我发现我有时会很生气。你根本不知道我们正经历着什么！我会这样生气地想。我不想对他生气，尽管我知道生气是悲伤导致的正常现象，但我不想这样。关于大卫还有一件事：他去世已经将近一年半了，却一次都没有在我的梦中出现。我认识的其他人去世后，他们都会出现在我的梦中，常常还不止一次，在故去后的一两个月内现身。永远都是同一种梦：他们急着赶回死者的世界，但想知道我是否安好，或者有时候是想请我给别人带个口信。这种梦出现得十分频繁，因此我甚至不会向旁人提起——有一次我把它讲给一位朋友听，她说，“哦，大脑是很有趣的”——但我总能从这些梦中获得慰藉。哪怕是我母亲，虽然她在我的一生中是那么难以亲近，但哪怕是她（她在许多年前去世）也曾出现在我的梦中。她出现了两次，显得有些焦虑，就像我说的，她是急着想要赶回死者的世界，但她也询问了我是否安好。

凯瑟琳——威廉的母亲去世时，情况也是如此。

但大卫——他离开了。就好像他消失在了一个黑洞中，而我在想：老天，大卫！拜托！

3

一天晚上，我们收看纽约市新闻的时候，看到哈特岛上那些被挖出的壕沟——位于长岛海峡西部，紧挨着布朗克斯区——我们看到壕沟里堆积着许多许多的木箱子：那都是在疫情中去世的纽约市民，无人来认领他们的尸体。我又看向地面，但无法抹去印刻在脑中的画面：红色的泥土，长长的浅色木质棺材层层堆叠，参差不平地置放在那些深邃、崎岖的墓穴中。旁边是黄色的挖掘机。

几乎一如既往地，那种置身水下的感觉来了；那种事物变得不再真实的感觉。

*

早晨，威廉说我们需要多买些日用杂货，他要去商店，问我想不想一起去；他之前独自去过几次，还到药妆店帮我买药。每次从杂货店回来，他都会讲起货架有多空：没有厕纸，没有纸巾，没有清洁用品，甚至连鸡都买不到。这把我吓到了；我想，我们山穷水尽了！但威廉仍然有办法应对，他在偏僻道路上的一家小商店里找到了两卷厕纸。

那天早上我答应了他，说我想和他一起去。他说：“好吧，不过你待在车里。没理由两个人都冒险。”于是我们开到商业区，把车停在杂货店的停车场里，威廉戴上口罩和手套，走进店里。我不介意待在车上，而且这里有很多人可以看！我看到他们的时候，听见了心脏轻微的跳动声。大多数人戴着手工制作的口罩，我指的是鲍勃·伯吉斯戴的那种，而不是威廉戴的那种，后者是蓝色纸质的，看上去像外科医生的手术口罩。但接着，我看到一位母亲厉声对儿子说话，他们正在把刚买的东西装上车，那孩子绝不会超过9岁，而那个女人，我讨厌她；她儿子看上去是那么不开心，他有一双大大的黑眼睛。

其他人都让我觉得很有趣。大部分是女人，也有一些男人，他们的生活对我来说就像个谜。他们穿着我不会穿的衣服；许多女人穿着紧身裤——即使是在这么冷的天气里！裤腰提至腰部，她们宽松的运动衫都遮不住。在我能看到的人中，没有任何一个是化了妆的。

然后一个女人开始大声叫喊。我不知道发生了什么，但她似乎正在看着我，朝我们的车走了过来；她是个中年女人，瘦骨嶙峋，浅橙色的头发白了一半，双眼狂怒地盯着我。她没戴口罩。我没法摇下车窗，因为车子没有启动，而且我被这个朝我大吼大叫的女人搞糊涂了，接着我听到她说："你们这些该死的纽约人！从我们这儿滚出去！"她不停朝一侧伸出胳膊。人们看着她，她一直站在那儿大叫着，终于有个人——一个男人说："嘿，离她远点——"

那个女人走了，但我困窘不已，因为人们都在盯着我看，我低头看向自己的双手，直到威廉从商店里出来。他把杂货放在车后座上，样子似乎很生气，因此我们从那里开走后，我才告诉他刚才发生了什么，他摇着头，什么也没说。我说："威廉，我讨厌被人吼！"

他并不友善地说："谁都不喜欢被人吼，露西。"

整个回程中，他没再说别的话。

回房之后，威廉将一个橙子切成四瓣吃掉，听到他嘬食橙子的啧啧声，我上楼去了自己的那间卧室。"他们有厕纸。"他朝我喊道。

妈妈，我在心底朝自己幻想出来的那个亲切的母亲哭诉，妈妈，我做不到！而我幻想出来的亲切的母亲说，你真的做得很好了，亲爱的。但是妈妈，我讨厌这样！她说，我知道，亲爱的。就坚持一下，它会结束的。

但它看上去不会结束。

*

我应该提到这件事：

就是在这段日子里，我发现每天晚饭后，我心里都会涌起对威廉的恨意。通常是因为我觉得他没在认真听我说话。他的双眼——当我开口，而他瞥向我时——似乎并没有真的看着我，这让我想起有多少东西是他听不到，或者无法好好倾听的。我想：他不是大卫！然后我会想：他不是鲍勃·伯吉斯！有时候我不得不在黑暗中离开房子，走在海边，嘴里大声咒骂。

*

我们从杂货店回来的第二天下雨了，下午我坐立不安，只好拿了一把在前廊里找到的旧雨伞出门散步。我回来后坐在沙发上，对威廉说：“那个女人吼我之后，你对我的态度不怎么好。你为什么不能友好一点呢？”

雨水敲打着窗户，屋外的大海拍打着礁石，目之所及都是棕色和灰色。威廉起身走到客厅的门口站住，我没听到他说话，所以抬起头来看着他。“露西，”他艰难地说，“露西，你的性命是我想要救的。”他朝我走来，但没有坐下，“这些日子以来，我很少在乎自己的性命，只是我知道我仍然是女儿们的依靠，特别是布里奇特，她还只是个孩子。但是露西，如果你因此丢掉性命，那会——”他疲惫地摇摇头，“我只是想救你的命，所以有人吼你又怎么样呢？”

4

那个雨天之后的一个晚上，我看到了一场落日。

那天从早上开始就阴沉沉的，就在太阳即将落下时云层散开了，突然变成了一种明亮的橙色，散布在天空上，我无法相信自己的眼睛，而这色彩又被正对着房子的海水反射出来。你必须站在前廊，透过远处的窗户才能看到这一切，但随着太阳逐渐下沉，天空不停变换着颜色，一抹深红色向越来越高的天际蔓延。我叫威廉过来，我们在那儿站了很长时间，然后才终于拉过椅子，坐下欣赏。太美了！于是，随着日子一天天过去，我们期待着落日，有时它会降临：在这种时候，我觉得那是世界上最金黄灿烂的荣光。

*

鲍勃·伯吉斯来了，带了两块缅因州的车牌，他说："我来帮你们换上。"他从口罩上方朝我眨了眨眼，我们和他一起朝车子走去。"你从哪儿搞到这些的？"威廉问，而鲍勃只是耸耸肩。"就把我当成你的律师好了。这么说吧，你不需要知道。总有车牌被丢在什么地方，现在没人会注意它们有没有过期。"他戴着布质的工人手套，拆下纽约的车牌后，将它递给威廉。然后他在这儿待了一会儿——我们去了悬崖顶上那块小小的草地，三个人都坐在草坪椅上，鲍勃说玛格丽特想见我，可不可以下次带她一起过来。我说，当然可以！但我永远希望能单独和鲍勃见面。那天他离开后，威廉和我把草坪椅搬回前廊时，我说："我喜欢这个人。"威廉没说话。

*

天气几乎一直都很糟糕，寒冷，昏暗，刮着大风。但四月中旬的一天，太阳出来了，威廉和我出门去了礁石上——当时是退潮——然后我们走到了一家关门的商店前，那是我们房子周围仅有的一栋建筑，旁边有一块草坪。那里也有礁石。我们坐在这家关门商店的前廊里，晒着太阳。我们很高兴。

那是威廉第一次注意到瞭望塔。它在左边很远的地方，威廉不停地说："真不知道那是什么。"我看过去，发现那只是一座遥远的棕塔，我没在意。

我们在阳光下坐了很久；面前一望无际的海水，是被太阳映照出的一大片白。它微微闪烁，但大多数时候只是明亮、耀眼的白色，铺展在辽阔的海面上。我起身朝海水走去，看到了一只知更鸟的蛋，它十分完整，只是顶部有极其微小的裂痕，流出的蛋黄将它粘在了一小块礁石上。哦，它真美！“看这个！”我朝威廉喊道，他拿出手机，给我照了一张照片。他站在倾斜、凹凸不平的石头上，开始失去了平衡。这一切在我眼中就像慢动作一般，我看着他不断向后踉跄着，然后又朝左歪去，接着重新找到了重心。“没什么。”他说，但我能看到他在发抖。“哦，威廉，你吓到我了。”我跑过去抱住了他。之后我们回到了自己的房子，但仍然很高兴，我把那只粘在礁石上的知更鸟蛋放在了壁炉上方的台子上。

*

那晚我回屋睡觉时，发现枕头上有一副睡眠眼罩。“威廉，”我喊道，“这是什么？”

他从旁边的房间里大声回答我：“你总是抱怨

天窗里照进来的光太亮，而这几天太阳升起得更早了。眼罩是我那天在药妆店给你买的，后来我忘了这回事——”

我走过去，站在他房间门口。“哦，谢谢你。”我说。他只是挥了挥手，膝盖从被子下面屈起，正在看书。“晚安，露西。”他说。

*

我需要说一件事：即使发生了所有这一切，即使医生告诉过我这会持续一年，我仍然没有……我不知道该怎么说，总之我的头脑很难接受这些。就好像每一天都是一片巨大的冰面，我要从上面走过，还有小树和细枝被卡在冰中。我只能这么形容，仿佛世界骤然换了面貌，我必须在看不到尽头的日子里熬过每一天，而尽头似乎永远不会来临，这让我非常不安。我常常在夜里醒来，一动不动地躺在那儿；我会摘下眼罩，不再动弹；我好像会这样躺上好几个小时，却不自知。躺在那里时，各种各样的人生碎片会涌上心头。

我想起威廉和我初次相遇的情景——我大学二年级时修了一门生物课，他是那门课的助教——因为成长在极度与世隔绝的环境中，我对流行文化一无所知，也完全没听说过诸如马克斯兄弟[1]之类的人物，但威廉抱住我时，我会说“抱紧我，再紧一点”，而他会告诉我，当电影中的一个女人对格劳乔·马克斯说了这句台词后，格劳乔回答：“再紧一点我就要穿过你了。”

接着天窗外面会亮起来，我重新戴上眼罩，又睡着了。

5

然后——老天啊，可怜的贝卡！

我早上散步回来，进门的那一刻手机响了起来，当时是四月底。电话是贝卡打来的，她又哭又叫：“妈妈！妈妈！哦，妈咪！”她哭得那么凶，我甚至很

---

1 马克斯兄弟：美国早期喜剧团体，由格劳乔、哈勃、奇克和泽伯·马克斯这四位兄弟组成，后来泽伯退出，只剩三人，曾主演电影《大商店》《歌声俪影》《鸭羹》等。

难听清她在说什么，大意是这样的：她丈夫特雷出轨了，他告诉贝卡，自己一直打算离开她，但是现在被疫情封锁困住了。贝卡在他的手机上发现了短信。

我几乎无法写下这件事，它太让我难过了。贝卡跑到他们公寓的屋顶给我打电话，能听到周围响起一声又一声的警报。

“我让你爸爸来和你说。”我说，把手机交给威廉，他直切要害，询问了她一些事情：发生多久了？特雷想要搬去哪里？对方结婚了没有？我永远也不会想到问她这些事。我能听到她和威廉说话时语气平静了一些。威廉问她是否还想和特雷在一起，我听到她说“不”。

“你百分之百确定？”威廉说。我听到贝卡说：“我确定。”

“那好吧，”威廉说，“我们会想办法让你离开纽约，我不知道该怎么做，但会有办法的。坚持住，孩子。”

他把手机还给我，贝卡又开始哭了。“妈妈，我太难堪了，妈妈，我甚至都不知道，妈妈，我太恨他了，哦，妈咪……”我听着，然后说，我明白，我明白。我拿着手机又走到了外面，来回踱着步，听我可怜的孩子哭诉。

我回到屋里时，威廉正在打电话，他坐在餐桌旁边。“好吧，特雷，”他说，挑起眉毛抬头看我，“你原本有什么打算？你想继续欺骗贝卡多久？”

他把电话放在餐桌上，按下免提键，我能听到特雷的声音，他听上去很害怕：“我没法回答这个，威尔。”过了一会儿又补充道：“我明白你很关心她，我也一样。但我觉得你应该让我们自己来解决这个问题。”

“是不是这样，”威廉说，“是不是你觉得在疫情肆虐的时候，你应该和我女儿单独待在一栋公寓里，同时又和另一个女人短信传情？”

我听到了女婿的声音，他变得很生气，对威廉说：“据贝卡所说，你对你妻子也做了一样的事。我觉得你不该五十步笑百步。”

威廉看着我，瞪大了眼睛。他朝电话俯下身去，我能看到他犹豫了，能看到他勃然大怒，他说：“是啊，我是做了一样的事，特雷。但你知道我为什么这么做吗？因为我是个浑蛋！这就是我的原因，你这个该死的蠢货。”他朝椅背靠去，然后再次俯身向前，“欢迎加入浑蛋俱乐部，你这个浑蛋。”我们的女婿挂断了电话。

接下来我想起了一件事：当我发现威廉有婚外情时，有一天我也跑到了公寓的楼顶哭泣；一定是因为女儿们还在家里，或者是我不想让邻居们听到自己的哭声。总之我跑到楼顶哭个不停，我记得自己大声说着：“妈妈，哦，妈咪！”当时我还没有幻想出那位总是待我很亲切的母亲，所以我是在对现实中的母亲哭喊。哭着要妈妈——这是一种非常原始的诉求，在我看来贝卡的哭诉就是如此。

而我没法在她身边、拥她入怀，这让我很痛苦。

我觉得悲伤几乎让我的大脑一片空白，这就是我想说的。

但威廉说：“你知道的，她会没事的。”这让我很难受，我说：“嘿，可是她现在有事！”他站起身：“把眼光放长远一点，露西，你从来就不喜欢他，现在她摆脱他了。她是个好孩子，千真万确。现在她可以去找其他人了。”他摊开一只手，补充道，“又或者不找，你知道的，不是每个人都一定要结婚。”然后他说：“别忘了，她是在失恋后心灰意冷的状态下嫁给他的。”我当然想到了这一点：贝卡那时在与一个她深爱的年轻人约会，他们分手了，接着她很快遇到了特雷。但伤心透顶的感觉挥之不去，我想贝卡也伤心透顶。

其间威廉没有说太多话，但他走过客厅时停下来说：“那个该死的蠢货还是个诗人？他只能想出来一句‘五十步笑百步’的陈词滥调？老天！”

我觉得威廉说得没错，但我没有这样说。

两天过去了，贝卡每天都会给我打几次电话，哭诉着，情绪很愤怒——是暴怒，有一次我听到特雷阴阳怪气地朝她喊：“妈咪，妈咪，妈咪！”我对他恨之入骨。我几乎无法忍受，内心涌起一股暴力。我觉得如果他在我面前，我会不停地揍他。这种对他人的暴怒情绪总是会吓到我，我曾对威廉多年前出轨的几个女人涌起过这种暴怒。我幻想自己不停痛击着其中一个女人的脸。这让我很害怕，因为小时候母亲对我施加过那些暴力。

克丽茜的丈夫迈克尔给威廉打电话，说自己愿意开车去布鲁克林，把贝卡接走：她可以在他父母家的客房里住上两周，自我隔离。当威廉告诉我迈克尔在电话里如此提议时——我只能说我全心全意地爱着他，就和我恨特雷的程度一样。我无法相信他会这样慷慨相助，我永远也不会忘记。

但威廉拒绝了他。

威廉说他不能让三个人置身险境。我目瞪口呆。

威廉看着我，愤慨地说："你以为我不想让她离开那里吗？我要尽可能让她以最安全的方式离开，露西！"他补充道："迈克尔患有哮喘，露西，你是不是忘记了这一点？"

于是威廉给他多年来常用的司机打了电话，那位司机会送他去机场，能够随时接他去参加会议，或者送他去其他任何地方，无论他身在何处。"霍里克？"

威廉说，然后拿着电话去了前廊。他回来的时候还在打电话：“整辆车都要用来苏水喷一遍，每一个角落都要喷。好的，谢谢你。”

然后他对我说，霍里克最近的这几周里都没有拉客，或者说生意非常少，他说他完全信任这个男人，他告诉霍里克，这辆车是否干净无菌关系到他女儿的性命。接着他给贝卡打电话，让她准备好明天早晨9点出发。“司机不会帮你开门，你就拿上一只你能拿动的箱子，坐到车后座上。他在路边停好车后会给你发短信。”他又说：“戴上口罩和手套，霍里克也得注意安全。”

贝卡就这样被送到了康涅狄格州，住进了那间客房。霍里克把她放在路边，克丽茜和迈克尔正等在车道上，尽管站得离她很远。克丽茜朝她喊道：“这里的一切都为你准备好了！”在那两周中，克丽茜把一日三餐送到贝卡门前，贝卡没有感染病毒。那是可怕的两周——对我而言——我每天都和贝卡通电话，而在那两周接近尾声时，我可以感觉到她声音的变化，她更加镇定了。她总是说：“你能让爸爸接电话吗？”我会满足她的要求。我为此深深触动，也对威廉产生了更多的亲切感：女儿遭遇人生低谷时是那么想和他说话，就如她也是那么想和我说话。

隔离结束后，贝卡留在那间小小的客房中。“我喜欢这里，妈妈，太舒适了，”她说，“而且我现在随时能见到克丽茜，我们每天晚上都一起吃饭。”她仍然可以在线上完成纽约市的社工工作。

就是这样，贝卡熬了过来，继续生活。

现在想来，我认为这是“第一个援救故事”。

“第二个援救故事”发生在一个月之后。

尽管最后这两场援救都不成功。

然而不知为何，我开始非常关心布里奇特；突然之间，我觉得她是那么脆弱。这与贝卡的事情有关。有一天我甚至给埃丝特尔打了电话，想知道她们是否安好。她说：“哦，露西，听到你的声音太好了！”她说布里奇特时好时坏，我说是啊，我也一样。

五

1

五月的第一天下雪了。雪积了两英寸，鹅毛般的雪花盘旋着落在窗玻璃上，我不敢相信自己的眼睛。“我讨厌雪。”我说。威廉疲惫地回答道：“我知道，露西。”

威廉刚刚结束下午的散步归来——树上落下的雪把他的肩膀浸透了，运动鞋也全是湿的——他坐在沙发上，脱下湿淋淋的袜子，让我看他惨白苍老的脚，说：“我走到了那座塔边。”起初我没明白他的意思。他告诉我他调查了一番，发现那座塔是“二战”时为了观防潜艇而建的，当时真的有德军潜艇驶到了这片海岸上。他告诉我，在更远一点的海岸上，有两个德军间谍从潜艇中钻出，一路从缅因州去了纽约。

这件事上了全国报纸的头条新闻，两人因间谍罪被判死刑，但杜鲁门总统赦免了他们的死罪，他们最终被释放了。威廉说："如今甚至没人记得这件事了，但那些塔还屹立着，因为危险确曾存在。"我不知道该说些什么。

我之前写过这件事，不过还是应该在此直接说明，威廉的父亲是德军士兵，在法国的战壕里被俘。作为战犯，他被发配到缅因州的一座土豆农场里干活，爱上了农场主的妻子，也就是凯瑟琳，威廉的母亲。凯瑟琳抛下了那位农场主，和德国战俘私奔了，尽管她等了大约一年才终于离开，因为威廉的父亲必须在战争结束后回到欧洲做补偿工作。

结果凯瑟琳在这段时间中和农场主生下了一个女孩，然后离开了他们——离开了襁褓之中的女儿和农场主丈夫，因为威廉的父亲又来到了美国，来到马萨诸塞州。直到母亲去世后很久，威廉才知晓了这个孩子——他同母异父的姐姐洛伊丝·布巴的存在，如我之前所说，那是去年的事情。

威廉的父亲在他14岁时去世。凯瑟琳没有再婚，把所有的爱倾注在威廉身上。威廉则以为自己是父母的独生子。

2

威廉走到那座瞭望塔后，过了几天，我登录邮箱时看到了一封公关助理转发给我的邮件。你认识这个女人吗？公关助理写道。

邮件是洛伊丝·布巴发来的，威廉同母异父的姐姐。她写信给我的公关助理，要求将邮件转发给我。在那仅有的一段话中，她说自己在疫情期间始终记挂着我，她真心希望我在纽约平安无事，威廉也是一样。最后她说："那天见到你真的很高兴，之后我一直很过意不去：我拒绝了同威廉见面。你和他联络的时候，可以烦请告诉他这件事吗？另外也告诉他，我只希望他一切都好。请告诉他，我希望他安然无恙。谨上，洛伊丝·布巴。"

这段时间里，我没有特别记挂洛伊丝·布巴，我要承认这一点。我无时无刻不在想的是贝卡。

但当威廉散步归来时，我给他看了邮件，他的反应让我有一点惊讶。他坐下来，看着窗外的大海，没有说一句话。“威廉？”我终于开口叫道，他转过身看着我，神色有点恍惚。“我要给她写信。”他说。“好的。”我说。他那天下午都在写给这个女人的回信，只有在贝卡来电时，他才把电脑放下。

你可以想象贝卡的遭遇是如何占据了我的全副身心，但随着时间流逝，她和我说话时听上去还不错，状态日益好转。她告诉我，很长一段时间以来她都不快乐，我问，有多长？她说她都记不起来了，还说她不喜欢特雷。我说：“好的，宝贝。”她说她每周给治疗师打两次电话，威廉为她支付了治疗费用。贝卡有时会引用这位治疗师的话，她曾经找这个女人做过治疗，现在又再次找她问诊。我突然记起了贝卡多年前找她治疗时的情形——那时我和她父亲刚分开——她有一天告诉我：“劳伦说你任由爸爸摆布。”我始终没明白这句话的意思，但也没有就此置评。

在缅因州的这段时间里，一天贝卡在和我打电话时说：“妈妈，特雷嫉妒你。”我说你这话究竟是什么意思。她说："他嫉妒你的事业。"然后补充道，"你知道的，他的诗烂透了。"我想起来，我和威廉、埃丝特尔以及大卫参加特雷的几场诗歌朗读会时，总是感到十分尴尬，因为我私下里认为他的诗写得很糟。于是我说："随他去吧，贝卡。早散早好。"贝卡说："他认为你不过是一个白人老太太，写的都是一些白人老太太的事。"不得不说，这话有点刺痛我了。我说："那他就是个年轻的白人男性，写的都是——哦，算了。"但我因此很沮丧。我感到难堪。

"他就是个混账东西。"威廉听我讲了这件事后说，"告诉你，离婚是救了她一命。"看上去也确实如此。克丽茜和迈克尔显然都对贝卡很好，但我和她说话时，觉得她离我越来越远了。有一天晚上她说："妈妈，这整件事正是我需要的。"

3

然后在一天早上，我出门散步时看到了一朵明黄色的蒲公英花，长在山脚不远处的车道边缘。我盯着它看，无法挪开目光。我俯下身去，摸了摸它柔软的花冠。我想：我的天哪！之后我开始在散步时看到了越来越多的蒲公英花。我童年时居住的房子建在一条长长的土路上，蒲公英就沿着路边生长，在我很小的时候，有一天我摘下了一小束蒲公英送给母亲，她怒不可遏，因为花把我的裙子弄脏了，那条连衣裙是她刚为我做的。但这么多年过去了，蒲公英仍然让我的内心惊叹不已。

*

鲍勃·伯吉斯又来了，这一次带上了他妻子玛格丽特，起初她让我有些紧张，我想是因为她自己很紧张。天气还很冷，但有一缕阳光落在草坪上，我们坐在椅子上，玛格丽特和鲍勃都戴着自制的口罩。他们是午饭后来的，因此威廉在家里。我们四个人坐在小小的草坪上——即使穿上了那件新买的冬装外套，我仍然冻得不行——几把草坪椅互相离得远远的。玛格丽特是个没有身材曲线的女人——我的意思是，她穿着那件大衣显得很没身材，但她有一双很美的眼睛，在镜片后面闪烁着活泼的光芒，即使戴着口罩，也能感受到她流露出的充沛精力。那是五月初，但气温仍然很低。她问我有什么需要的东西，我说没有了，谢谢你。

然后她突然说："我很怕来见你。"

我惊讶不已："很怕？怕我吗？哦，玛格丽特，我不过是……普通人罢了。"

"是啊，我现在看到了。"她说，这让我很困惑。我想像威廉一样和鲍勃聊天，不想被玛格丽特纠缠，但她问起了我的女儿们，问话时眼睛闪闪发光，于是我告诉了她贝卡丈夫的事情，讲到贝卡和克丽茜、迈克尔一起在康涅狄格州，她似乎听得很专注。我能看出她在倾听，然后给出了恰到好处的回应。我不记得她说了什么，但我记得我当时想：哦，她和我在一起。

她告诉我她是一位神教派的牧师，我问她那是一份怎样的工作，她向我讲述了她做的事：每周二晚上的戒酒互助会必须停办，改开视频会议，她担心这样的形式不够有效，并告诉我她是如何在视频会议中提供服务的。她的生活想来很有意思，尽管我无法真正代入其中。

他们在这里待了一个小时，然后起身准备离开。鲍勃说："嘿，露西，你喜欢我们这里的小雪暴吗？"我说我一点儿也不喜欢。"真受不了，"鲍勃说，"五月份闹起这种天气来真让人受不了。搞什么名堂嘛。"

玛格丽特说："鲍勃总是很消极。"但她说这话时语气欢快，轻轻地碰了碰他的肩膀。我说我可能也总是这样。

*

那天晚上我失眠了。我没有吃安眠药，因为睡不着也无所谓，而且清醒地躺在床上并没有让我特别难受，我想着贝卡，还有鲍勃·伯吉斯，我听到了威廉下床的声音，琢磨着他大概会下楼去看书，有时他睡不着觉就会这么做，但他在我门前停下了脚步——我们总是敞开着卧室的门——他小声说："露西，你醒着吗？"我从黑暗中坐起身，说是的，我醒着。

威廉走进屋，坐在我的床边；当时只有一丝微弱的月光，我看不清他的脸，但立刻意识到他的情绪很低落。"露西。"他说，然后再没说别的。最终我问道："出什么事了，威利？"

"你不想知道我给洛伊丝·布巴的回信中写了什么吗？"

我坐直了身子，说："天哪，真抱歉我没有问你。因为贝卡的那摊事，我把她忘了。哦，真对不起！告诉我你写了什么。"

于是威廉取来了他的电脑，又坐回我的床边。我记不清他读给我听的内容了，但信写得很好，信末他说，他觉得自己之前活得像个孩子而非真正的男人，他对此十分抱歉。他写道，我想我们许多人都有遗憾之事，但我的遗憾似乎随着年纪的增长，也在不断滋长。他最后说他十分抱歉，母亲从未提起过他有个姐姐；他觉得这几乎是不可原谅的，他深感愧疚。他也只希望她一切都好。

他用窘迫而期待的神情看向我。"很动人，"我说，"这真的是一封很棒的信。她回信了吗？"

他说："她回信了，就在今晚。"他又把电脑上的内容读给我听。洛伊丝写给他的电邮语气极其客气，说她知道母亲做出这样的事无论如何都不是他的错。洛伊丝写道，我近来心里很同情她，我明白你觉得这件事不可原谅，但请你了解，我不再那样想了。你的（我们的）母亲知道我会得到很好的照顾，情况也确实如此。接着洛伊丝说：我希望你不介意我在落款处加上“爱你的”。爱你的洛伊丝，你的姐姐。

“真的吗？”我说，“威廉，这太好了！”我又说：“马上给她回信，说你很高兴她加上了‘爱你的’，然后也在落款处为她加上，或者加上别的什么。”

“哦，我会的，我会的。”他坐在昏暗之中，低头看着关上的电脑。

“怎么了？”我问。我发现他在昏暗中看向我，说：“哦，没什么。我只是很厌烦我自己，就是这样。”

我等待着，注视着他，但他没再说话。于是我说：“是因为帕姆·卡尔森和鲍勃·伯吉斯？他知道你和帕姆的事吗？”

威廉说：“不，她没告诉过他。她瞒天过海很有一套——”

“你也是。”我说，但并没有挖苦的意思。我说这话时没有觉得它有挖苦之意。

“我知道，我知道。”威廉来回捋着头发，“他是个不错的人，对吧？”

我说："我喜欢他。"

"我知道，你和我说过。"威廉接下来说的话让我感觉十分奇怪，"真希望我能更像他一点。"

"你希望和玛格丽特结婚，被困在缅因州？"

他平静地说："不，你知道我的意思。我看着贝卡经历了这场噩梦，而我对你做了同样的事。"

我琢磨着他的话，说："她比我当时表现得好太多了。"这似乎是事实。然后我补充道："但我觉得她可能真的已经不爱他很久了。"我思考着这样的可能性，威廉显然也在思考，因为他说："所以你发现那些事的时候还爱着我？"

"老天，是啊，我爱着你。"

威廉深深地叹了口气。"哦，芭嘟。"他说。

"威利，我们不需要再谈这些。"

"好吧。"他说，然后又说，"嘿，你知道我今天突然想起了谁吗？特纳夫妇。你还记得他们吗？"

我说："记得，知道吗，我好像听说她经历了一次精神崩溃——"

于是我们聊起了他们。我们聊了好几个小时，威廉坐在我身边的床上，我们聊起了所有那些我俩都认识的人，他们后来经历了什么。然后我们都累了。

“去睡吧。”我说。威廉站起身来：“聊得很开心，露西。”

“非常开心。”我说。他回到隔壁自己的那间卧室时，我多少有种感觉：我俩的脸上都挂着微笑。

4

我渐渐了解了潮汐，我是说我渐渐知道了潮水上涨和回落的时间，这给了我慰藉。涨潮时我会看着打漩儿的海水，一次次将白色的涡流拍打在我们脚下黑色的岩石上，同时也击打着我们前方的那两座小岛，我会留意海面看上去近乎平坦无波的短暂时刻，我会看着潮水退去，留下湿漉漉的岩石和红棕色中泛着黄的海草。当我直视前方时，在那两座小岛之外，海平面上再无一物，大海一直延伸到那么远的地方。我注意到天空总是与大海一致，当天色阴暗时——常常如此，海水看上去也是灰色的；而当天色湛蓝时，海水也呈现出一种蓝色，若是天上有云朵和太阳，有时也会呈现出一种深绿色。不知怎么，大海给我带来了巨大的慰藉，两座岛屿永远在那里。

我身体里起起落落的悲伤就像潮汐。

*

然而贝卡似乎从我身边消失了。我甚至能感受到她在避开我，我会给她打电话，而她有时一两天都不会回我。当她终于和我说话时，语气十分平淡。“妈妈，我真的很好，别这么担心我了。”她说。这话重重地伤了我的心，就好像在我心头上盖了一块又湿又脏的抹布。

当然，她在哀悼她的婚姻，不管她在这段婚姻中过得有多不快活——这个念头最终不期而至。我想，露西，你真蠢，没有意识到这一点。

*

然后埃尔西·华特斯出现在我的梦中。她很焦虑，但举止自若。她过来查看我的情况，看到我平安无事后，她点点头，转过身，穿过一扇门往回走。我明白那扇门就是死亡，但我很高兴见到了她！

我给威廉讲述这场梦时他什么也没说。我很恼火他对此无话可说。

*

我们每天晚上看电视上的新闻，白天我则在电脑上阅读它们。这会结束的，我不停地想，这必须结束。但每天晚上它都没有结束，也没有以任何方式预示它终有一天会结束。

我让威廉为我解释这种病毒，为什么它如此失控？为什么人们无法阻止它？为什么我们无法立刻研制出疫苗？他一一讲给我听。他补充说，他觉得这一定与基因相关：病毒进入人体后会不会出现重症反应，是由患者的基因决定的。这或许解释了人们病情的轻重程度为什么如此不同。

我熬过了这段日子——我不知道自己是怎么熬过去的。

*

但我要说这件事：

有些时候，当威廉坐在客厅角落里的小桌旁，试图拼出那幅梵高的自画像时，我会突然在他对面坐下——我先前说过，我讨厌拼图，但我可能会找到一块，比方说梵高颧骨的碎片，把它狠狠地拍在那幅没拼完的自画像上，而威廉会点点头："干得好，露西。"然后我会告诉自己：我并非不快乐。

5

一天早晨我正准备出门散步时，鲍勃·伯吉斯驶入了房前的车道。他从车窗中把头探出来，说："我消极的朋友，还好吗？"我说，鲍勃，来和我一起散步吧！于是他停好车，和我一起散步，他走得比我慢得多。我先前说过，他是个块头不小的男人，走路时两手插在牛仔裤的口袋里。那是一条宽松肥大的牛仔裤，显得他很老气。天空蔚蓝，但总是有云朵遮住太阳，然后太阳会再次亮起来，散发亮黄色的光芒。

"老天，我真想念纽约。"那天鲍勃对我说，我回答："哦，我也是！"他说通常在每年的这个时候，他会去那里拜访哥哥吉姆。吉姆住在那里。鲍勃在纽约的时候，有时也会和帕姆见面。他告诉我他是在奥罗诺的缅因大学认识帕姆的，她来自马萨诸塞州的一个小镇。他把脸转向我，眼中带着笑意："我们大四那年的9月29日下了雪，我说，帕姆，我们离开这儿吧。于是我们一毕业就去了纽约。啊，露西，"鲍勃说着，慢慢地摇了摇头，"我们那时只是孩子。"

"我明白，"我说，"我懂。"

然后鲍勃再次告诉我他出身贫寒。"不过没有你家那么穷。"那天他给我讲了他父亲去世时的情形。当时鲍勃4岁，他和他的双胞胎妹妹苏珊，还有他的哥哥吉姆待在车里，车子开到了车道的坡顶，他们的父亲——在发动机预热的时候——下车去查看位于坡底的信箱。车子滑下了坡，碾过了他们的父亲，轧死了他。"我一辈子都以为这是我的错。我以为是我乱动了汽车挡杆。我母亲也这么认为，她对我非常非常地好，我想就是因为这个吧。她甚至送我去看心理专家，相信我，那时候没人去看心理专家，不过那个人什么也帮不了我，因为我不说话。”鲍勃接着对我说，直到15年前，他哥哥吉姆才告诉他（吉姆年纪比他大，关于那场事故，他说自己的记忆比鲍勃更清晰），他——吉姆，才是那个乱动挡杆的人，而鲍勃当时与双胞胎妹妹苏珊一起待在汽车后座上。终其一生，吉姆从未坦白过这件事。鲍勃摇摇头：“他告诉我这个，可是要了我的命。”

我说：“天哪，我想也是。”

哦，我们那次散步很愉快。我和鲍勃说了大卫的事，说起他在爱乐乐团演奏大提琴，他被赶出哈西德派犹太人社群、遭到他们的流放时只有19岁。我和他说了各种各样的事，他不断地转过头听我说话，口罩上方的一双眼睛流露出友善的神色。我告诉他，有时候我会觉得自己的丈夫才刚刚死去，他停下脚步，碰了一下我的肩膀：“你当然会这么觉得了，露西。你丈夫的确才刚刚去世，天哪。露西。”

我们继续散步。

我说：“不知怎么，来到这里让我觉得一切都更奇怪了。”他点点头说：“具体和我说说。”于是我告诉他，很奇怪，我竟和威廉一起待在这儿——但我也并不是总觉得奇怪，而这让事情显得更怪了——我竟然离开了纽约，不知道情况什么时候会发生改变。鲍勃一边慢慢地走着一边瞥向我，他说："我明白你说的了，露西。"

我们坐在那张长椅上，从这个位置能够俯瞰那处可爱的小海湾。我们之间的距离不到两米远，不过他坐在长椅的一头，我坐在另一头，太阳散发的那种金黄的光辉从天空落下，鲍勃说："你介意我抽支烟吗？"他从烟盒里取出一支烟，把口罩拉到嘴巴下面。"希望你不介意。"他补上了一句，"玛格丽特以为我和她结婚前很多年就戒烟了，但是这场疫情——我不知道——我觉得它让我很焦虑，有时候我真的很想抽支烟。"

我告诉他我一点儿也不介意，我说我喜欢烟的味道，这是真的，我一直喜欢。鲍勃吸烟的速度是那么快，我对他越发卸下了心防。两只海鸥落在码头上，然后再次飞上了高空。

我们坐在那里的时候，我想到了鲍勃的哥哥吉姆，吉姆因为担任瓦利·帕克的辩护律师而名声大噪，瓦利是一名被指控谋杀了女友的灵魂乐歌手。那是一场全国性的重大审判，吉姆帮瓦利·帕克洗脱了嫌疑。于是我说："吉姆一直都知道瓦利·帕克是清白的，对吗？"

鲍勃随即看向我；没有口罩的遮挡，我能看见他的每一个表情，他脸上有一种异常温柔的神色。他抬起胳膊，仿佛是想要触碰我的肩膀，但并没有这样做，重新将手放下。然后他说："哦，露西，甜心。"我感到很尴尬。"那么他是有罪的？"我问，"吉姆为他辩护时知道吗？"

鲍勃长长地吸了一口烟，用那双友善的眼睛看着我，然后将烟雾从嘴角吐出来。"露西，我自己也为人辩护过，我想吉姆做了所有辩护律师都会做的事。我想他从没问过瓦利是否有罪。"

"好吧。"我说。然后又说："谢谢你态度这么好。我真迟钝，鲍勃，我对这世上的事情总是感觉迟钝。"

鲍勃说："你对人心的感觉并不迟钝，露西。我也不觉得你对世上的事情感觉迟钝。"他停了一下，然后说："但我明白你的意思。我自己也有点这样。"

我们往回走时，看见汤姆坐在他门前的台阶上。

我朝他挥动双臂。"嗨，汤姆！"我说。他说："嗨，亲耐的。"然后朝鲍勃点点头："伯吉斯先生。"

"嗨，汤姆。"鲍勃说，我们接着往前走。

"你认识他？"我问鲍勃，他斜眼看向我，说："认识。我想就是他在你们的车上插了牌子，写着'纽约人滚回家去'。"

"不，不是他。我和他一直是朋友。"但我随即想起来，那块牌子是在我与他第一次说话的那天出现的。"真是他？"我问鲍勃。

鲍勃没说话，只是一直向前走着。

"算了，谁在乎呢，"我说，"汤姆和我现在是朋友了。"

鲍勃口罩上方的眼睛里流露出笑意。"好吧，露西。"他说。

我们回到了他的车上。"我们改日还一起散步吧。"鲍勃说。

*

于是下个星期鲍勃和我又去散步了。接着，随着春天突然来临——来得是那么快！——鲍勃说玛格丽特也想和威廉还有我一起散步，所以我和威廉把车开到了镇子里，跟在鲍勃和玛格丽特的那辆车后面，朝河滨步道开去。那里有足够的空间让我们四个人隔开距离走路。“拜托，别让我被玛格丽特缠住。”车子开到那里时，我对威廉说。

他扫了我一眼。“我以为你喜欢她。”他说。

“我是喜欢她！”我说，“我只是不想被她缠住。”

玛格丽特步伐很快，威廉也是，所以他俩走在了最前面，但说实话这让我很愉快。这是个令人愉快的早晨。步道是一条沿河铺设的沥青路，在当天阳光的照射下显得亮闪闪的；叶子终于发了芽，大地流露出绿意和光明的感觉。我觉得那些树木就像少女，小心翼翼地试探着自己的美丽。草地上开着星星点点的蒲公英。

玛格丽特停下脚步，和从我们身边经过的几个人说话，她开口时眼睛闪闪发光。我听到她向他们问好，问起他们的母亲和子女，还有其他诸如此类的事情。她毕竟是个牧师——而且看上去很称职。我的意思是，我看到她是一个非常不错的人。

6

威廉一直朝瞭望塔走去，那是他下午经常去的地方，每次回来后他都显得闷闷不乐。我发现了这件事，却不知道该对此说些什么，又因为他什么都没说，我也没有开口询问。

我不知道我对威廉怀有怎样的感觉。我对他的感觉不同了，就像潮水般起起落落。然而威廉经常会以某种特定的方式不在场，这让我想起我们还是夫妻的时候，那些日子里我常常会有这种感觉。现在有时候我想聊天——我一直都喜欢聊天——他会翻个白眼，把电脑放下说："什么事，露西？"我讨厌这样。所以我会说："没事，算了。"他会再翻个白眼："哦，得了，露西，你有事想说，那就说吧。"

于是我会告诉他汤姆经常坐在家门口的台阶上抽烟。"你见过他吗？你知不知道我说的是谁？"威廉点点头。"我很喜欢他。"我说。然后我没法说下去了，因为威廉明显是一副无聊的样子。甚至当我告诉他，鲍勃说是汤姆把那块牌子插到了我们车上的，威廉也只是耸耸肩。

这种时候，我受不了他。

但还有其他的时候，常常在我们上楼回自己的房间之前，他的态度会温和起来，和我愉快地聊天。我告诉自己：他妻子去年刚刚离开，他好几个月没见过女儿们了，我们被困在疫情里，他没法真正地工作。对他宽容点儿，露西。

但接下来就发生了这件事！

一天晚上，我们一起坐在客厅里——威廉敲着他电脑的键盘——我说："威廉，你的牛仔裤以前也洗得这么勤吗？"

威廉停止了打字，双眼看向前方。他合上了电脑，我觉得他的动作稍微有些用力，然后他看向漆黑的窗外。他瞥了我一眼，说："我切除了前列腺，露西。我去年十月被确诊了前列腺癌，是在我们去大开曼岛的几个月后发现的。我做了切除手术。"

我顿了一会儿，然后轻声说："你做了？"

威廉在椅子上陷得更深了，开始摇晃他跷在另一条腿上的脚："我做了。是的，我做了。我找到了公认最好的医生，结果他搞砸了，露西。”

我说：“什么意思？他搞砸了？”

威廉抬起一只手，朝自己的下半身挥动了一下：“它不行了。我完了。没有药能治好我。那个浑蛋医生告诉我——当时我还在麻醉后的恢复室里——他说：‘我必须切除神经。’而我已经知道了。”威廉补充道：“有时候我还会尿在裤子里一点儿。”

我坐在那里看着他。最后我说：“女儿们知道吗？”

他看上去很惊讶，不，他从没告诉过她们。

“你得了癌症，却没有告诉我们？”

“不要指责我，露西。”

“不，不，”我说，“不，我没有。但我很抱歉，威廉！天哪，我就是很抱歉！威廉，这是——”

他抬起一只手，像是要让我停下。

于是我停下了。

但过了一会儿，威廉站起身说：“不过有个好消息。”

“什么？”我问。

他走到冰箱旁边，拿出一个苹果。“鲍勃·伯吉斯带我去看了他的医生，我的PSA[1]指标没问题，那是上个月的事。我当时该去检查了，心里很担心，但结果证明没事。”他咬了一口苹果，“至少目前如此。”

那天晚上我失眠了。我一直在想威廉，他得了癌症，切除了前列腺，从没有告诉任何人。“一个人都没告诉？”我小心翼翼地问他。他说杰瑞陪他一起去了医院，之后又陪他回了家。我试探性地问他，埃丝特尔知道吗？他说不，干吗要告诉她？

哦，威廉，我想——哦，天哪。威廉。

他经历了怎样的事情啊——而且还是独自一人！

而亲爱的鲍勃·伯吉斯曾帮了他一把——哦，鲍勃，我想。哦，威廉！

难怪威廉不在乎我梦到了埃尔西·华特斯。难怪他常常不认真听我说话。他经历了怎样的事情啊！他用一只手在自己的下半身前挥动了一下，“我完了。”他说。

---

1 PSA：前列腺特异性抗原。

威廉完了？

哦，威廉。哦，老天。威廉。

7

刚过五月中旬，有件事发生了：这是“第二个援救故事”。

威廉刚和布里奇特打完电话，我们正准备吃晚饭时，他的手机响了。我看到屏幕上显示的是“克丽茜”。他们通话时我坐在餐桌边。威廉看上去很担忧。“所以他们什么时候会来康涅狄格？”他听着，然后说：“但告诉迈克尔，让他们住到酒店里。”接着又说：“好的，我会打给他。”他又听了更长的时间，说：“是的，她住在哪儿？那里不远。她是住在那儿吗？好的，把梅尔文的电话告诉我，克丽茜。再见。”

威廉走来走去，然后砰地砸向沙发扶手：“该死的废物。”他在餐桌边坐下，看着我说：“梅尔文和芭芭拉明天就要从佛罗里达回来了。他们是今天告诉孩子们的。因为那里太热，梅尔文打不了高尔夫，所以他们要回来。他去了餐厅和高尔夫俱乐部，而芭芭拉那个傻瓜一直在该死的桥牌俱乐部里玩牌——老天爷啊，露西！他们明知道迈克尔有哮喘病！他们真的这么蠢吗？”

我什么也没说。我不知道该说什么。最后我问：“他们希望孩子们离开吗？”

“哦，不！不，根本没有！他们只想待在那儿，一大家子人开开心心地生活在一起——直到最后全都染上新冠病毒。”

“但他们不会找家酒店，隔离两星期吗？”

“显然那不是他们的计划。”威廉说。

过了几分钟，迈克尔打来电话，告诉威廉他父亲的手机号码，我听到迈克尔说话的声音很小。“不是你的错。”威廉说，“我们很快再联系。”

然而梅尔文没有接电话。威廉给他留了一条语音信息，说了些诸如此类的话：“梅尔文，你一直都是个出色的律师，但我是个科学家，我请你们在和孩子们见面前先自我隔离两个星期。你儿子患有哮喘，这时候发作起来是很棘手的。”他说，“去你岳母的那套公寓吧，迈克尔说那里没人住。请给我回电话。”

不知怎么，我先前没有想到芭芭拉仍然在世的母亲住在距离梅尔文他们几公里远的地方，她独自生活在那里，两位医护人员会上门照顾她。那是一套一居室的公寓，医护人员睡在沙发上，我记得这个。但威廉告诉我，她在疫情之前刚刚搬进了养老院，公寓还没有上市出售。

梅尔文没有回电话。

晚饭之后我们默默地坐在客厅里，直到8点，威廉站起来说："好了，露西，我们明天开车去康涅狄格州。那是我们的孩子，迈克尔是我们的孩子。出发前你要先把体内清空，因为你不能进路上的公厕。我们做些三明治，带它们上路，早上5点钟出发。我建议你吃一片安眠药，因为回程时我需要你帮忙开车，我自己也会吃半片药。"

我问他是不是也要让埃丝特尔开去那里，带上布里奇特一起和我们会合。但他摇摇头，举起一只手，像是要制止我。

早晨5点我们出发了。威廉4点半起床去了外面，借着前廊的光亮，他把纽约的牌照重新装回了车上。很长的一段路上我们都没有说话，事实上我睡着了几分钟。我醒来时阳光穿过树木洒下来。随着我们不断往南开，树木都呈现出一种比在缅因州更深的绿色；天气非常好。路上车不多。我们在公路旁的休息区停下，各吃了一个我做的三明治，然后威廉去树林里小便，我也去了。

当我们终于抵达康涅狄格州，驶入镇子时——那是康涅狄格州南部的一个小镇——威廉扔给我一个口罩，说："把它戴上。"我照做了。镇上的大多数房子都很小，看上去普普通通，但梅尔文和芭芭拉所住的那条街两旁种着高大的树木，每片叶子都在阳光下闪着明亮的光。就在我们驶入车道前——那栋房子很大，与路之间隔着一段距离，外观有种都铎风格——威廉停下车，也戴上了口罩。然后他给克丽茜打电话。"我们到了。"他在她接通电话时说。我听到她大叫道："到哪儿？你们到了？等等，爸爸，你们到了？"

"出来吧，"他说，"因为我们不打算进去。"

克丽茜从前门中走出来。我觉得她漂亮得叫人难以置信，她边走边戴上口罩，脸上容光焕发，迈克尔跟在她身后，挥着手。然后走出门的是亲爱的贝卡，她看上去变了很多，我几乎不敢相信那是她。她的头发长长了，远远超过了肩膀，发丝微微卷曲着。她也瘦了一点，看上去显老了。“贝卡！”我叫道，她微笑着，说：“嗨，妈妈。”

“克丽茜！”我说。天哪，我多想抱抱她们！“爸爸说不能拥抱。”我说。

“他说得对。”克丽茜说，但她给了我一个飞吻。贝卡和迈克尔都戴上了拿在手里的口罩。

我们五个人站在那儿，感觉很奇怪。

迈克尔说他父亲在二十分钟前打来了电话，他们在从机场回家的路上。“好的，”威廉说，点点头，“我会尽力而为，迈克尔。请你见谅，但我会尽最大努力的。”

“祝你好运。”迈克尔说，带着一种必败的语气。威廉说：“我知道。”

我没法把目光从女儿们身上挪开；她们看上去是那么成熟，而且显得有点尴尬，似乎不知道该拿我们怎么办。于是我说："我们去游泳池边坐坐吧。"我们都朝游泳池走去，游泳池上还盖着盖子，那是很久以前迈克尔的父母离家去佛罗里达时盖上的，当时疫情还没有暴发。它很像一张蹦床——我指的是那个盖子——若不是被几根粗木桩一样的东西戳在了地上的话。不过池边有几把塑料椅，我们把椅子远远地摆开，坐了下来。贝卡的眼神中透着严肃，老天，她真让我心碎，但她看起来还不错，又或者她是在强装正常，我不知道，我是说贝卡从来就不会假装。我极其渴望能单独和每个孩子说说话。"贝卡，"我说，"告诉我你现在怎么样了。"

"我没事。"她说。我想，天哪，她在说谎，但她接着看向我，而我在她脸上看到了——我觉得我看到了——一种全新的成熟，尽管这在口罩之下很难看清。"请别为我担心，妈妈，"她说，"我真的没事。"然后她说起了工作的事，双眼变得闪闪发亮；她说现在要做的事情太多，所有的学校都停课了，导致家庭暴力事件增多，却没有得到足够的报道，她告诉我自己是怎么通过电脑处理这些事情的，我很感兴趣，但没法专心聆听，我只能看着她的双眼，还有她把头发轻拂到肩膀后面的动作，在我看来十分陌生。不过她还是贝卡，这没有变。

然后克丽茜说起了她的工作。克丽茜是美国公民自由联盟的律师，她告诉我们因为疫情封锁，他们需要谨慎处理民权事宜，她的活儿多得干不完。我注意到克丽茜谈起这些时，威廉什么也没有对她说，但他随后说道："你真棒，克丽茜。"

微风吹得一片绿叶快速飞过了游泳池盖。

我接着问起迈克尔的工作——他是投资者——他说："老天，现在可真够疯狂的。"我说我明白。

我的话音未落，一辆黑色的车停在了车道上，我们全都匆匆起身，朝那条长长的环形车道走去。过了一会儿，梅尔文从车后座上下来；他穿着黄绿色的宽松长裤和粉色的马球衫，然后芭芭拉也下了车，比以往任何时候都显得更瘦削，戴着一顶帆布帽。梅尔文摘下墨镜，眯起眼睛看向我们，说："搞什么——"接着他露出微笑："嘿——你们两个！"他伸出手来，要和威廉握手。

我一向很喜欢梅尔文。他有一种魅力，看起来很年轻。我一直觉得有点难过，他竟然娶了芭芭拉，在我看来——因为我很了解她——她从来就不是个快乐的女人。

威廉说："嗨，梅尔文。我们不要握手了，现在有疫情。"

"瞧瞧你们。"梅尔文笑了起来。摘下墨镜后，他眼角笑纹处的皮肤显得特别白，因为他的脸晒得很黑。"你们看上去就像要去做手术了，上帝啊。"

威廉对梅尔文说："我们聊聊吧。"伸手示意他们两个应该回到游泳池边。

"那好吧。"梅尔文说，轻轻地摇了一下头，"不过老天啊，你让我感觉很奇怪。"他重新戴上了墨镜。

司机把他们的行李和高尔夫球包从后备厢里拿出来，靠车放置着。

威廉站着，梅尔文坐在一把游泳池躺椅上。我问芭芭拉她好不好，她说，哦，你知道的。她很好，但她把注意力放在了迈克尔身上，询问他的情况，然后他们两个聊起了迈克尔的兄弟，后者住在马萨诸塞州。我转过头去看女儿们，她俩看起来很紧张，我也一样，我们心照不宣地不停瞥向对方，试图聊上几句。

梅尔文终于把椅子向后拉，发出了很大声响，他站起来说："好吧，好吧。"

我觉得他一定很生气，但他走过来时面带微笑。他说："露西，你好吗？"我说我很好。然后他对迈克尔说："儿子，不如你进屋把那辆 SUV 的钥匙拿来，我会很感激的。接着我们就让你们自己留在这儿，别染上我们身上的'佛罗里达虱子'。"他转过身，笑容满面地看着我们每一个人，将双手平直地伸向空中，做出上下摇晃的动作。

迈克尔走进屋，出来时将钥匙扔给了他父亲。梅尔文接住了钥匙，我很高兴他接住了，我能看出来这让他觉得自己很有男人味。他走向车库，按下一个按钮，大门向上升起，露出后面那辆黑色的大型 SUV。梅尔文将车倒出车库，把行李和高尔夫球俱乐部的两个袋子装上车，然后对妻子说："咱们走吧。"芭芭拉说："再见，露西。"

"两周后再见，孩子们。"梅尔文说，他们驶上了车道。

我们五个人站在那儿，全都神情严肃。微风变强了，可以听到树叶沙沙的声响。我觉得威廉看起来精疲力竭，他脸色苍白。最后克丽茜说："谢谢你，爸爸。天啊，太谢谢你了。"然后迈克尔也说了同样的话。贝卡没有说话，看上去很害怕。于是我们只多待了二十分钟，我觉得脑袋有些眩晕。威廉拍了一下手，仿佛是想要努力表现得快活一点儿，他说："你们这些孩子都做得很不错。你们看上去都棒极了。"他们的确如此。我们又略微说了几句话，我不记得内容了。

但贝卡带我走开了一会儿，她举起一只手遮挡刺眼的阳光，说："妈妈，记得我们过去在布鲁明戴尔百货碰面的情形吗？嗯，前几天克丽茜和我聊起了布鲁明戴尔百货，它可能被迫关门了，我们还不知道，太多的地方都停业了。但我们觉得即使布鲁明戴尔倒闭了也无所谓，因为仔细想想，那里面全是糟糕的东西。我是说——妈妈！——所有那些国外的孩子拿着极低的薪水制作出来的东西，而且是那么物质至上，不敢相信我以前从来没有这么想过，妈妈，这令人作呕。所以等你回到城里时，我们要找一个新地方和你见面。”

“好啊，”我说，“听上去很棒。我真为你们两个骄傲。我很期待。”

但是我很惊讶。我真的很惊讶。

然后我俩走了回去，和其他人一起站在那里，贝卡说：“我们甚至没法像家人一样拥抱。”接着她哭了起来，我说：“没关系，我们都见到彼此了——”贝卡抽噎得更大声了，我几乎无法忍受，我为她感到深深的心痛。我看向克丽茜，记得自己当时想：哦，她就像威廉。但我并没有贬低的意思，我只是想说她冷静克制。

“贝卡，”威廉说，“你有一群非常爱你的家人。现在我们要离开了，我们忙了一整天，还要开很远的路回去。”他抬起一只手，“你们都要多保重。”

贝卡止住了哭泣。

*

我们一回到车上，威廉就让我不要和他说话，他太累了。在我们离开康涅狄格州的途中，威廉说：

“露西，必须换你来开车，我要累死了。”于是我们停下车，每人又吃了一个三明治，然后由我来开车。威廉睡着了，脑袋垂到胸前。我很担心他，但接近新罕布什尔州的边界时，他似乎自己醒了过来，说：“女儿们看上去都很好。”

“她们看上去好极了。”我说。然后我问：“威廉，你和梅尔文说了什么？”

威廉看着他那边的车窗，接着又重新看向前方的风挡玻璃，说：“哦，我先给了他一些时间，任由他数落我有多蠢——当然了，梅尔文嘛，他是用开玩笑的口吻说的——然后我告诉他关于疫情的一切，那些他显然不知道的事情。抢在他开口说要让孩子们搬去芭芭拉母亲的公寓之前，我告诉他这里有三个孩子，他们夫妇是两个人，而那边只有一间卧室。”

“然后，”威廉面带笑意，打量着我，“我告诉他我认识一位《纽约时报》的记者，后者会很喜欢这样的新闻：一个男人从佛罗里达州回来——一位著名的、杰出的律师——将病毒传染给了患有哮喘病的儿子，因为他就是不相信会传染。《纽约时报》会把这件事挖个底儿掉，立刻推出一篇精彩绝伦的报道。

我就是这么告诉他的。”

“好吧，”我说，“这招很奏效。”过了一会儿我问他：“你认识在《纽约时报》工作的人？”

“当然不认识。”威廉说。

我们驶入了新罕布什尔州，我说：“哦！克丽茜怀孕了。”

“你是认真的吗？”威廉看着我，“她和你说了，而你现在才告诉我？”

“不，她没和我说。我只是现在意识到了。”

威廉说：“你是说你看到了幻象？”

我想了想，告诉他：“不，那不是幻象。但我觉得她怀孕了，威廉，这就是她看上去为什么不一样了。”

“为什么你没问问她？”

我瞥了他一眼：“如果她想让我知道，会自己告诉我的。她已经经历了那次早产，在情况更稳定之前，她可能不希望任何人知道。”

“希望你说得没错。”威廉说。然后他补充道：“不过让孩子降生在如今这个世道，老天啊。”

我们开得更远，进入了缅因州。然后我真的看到了幻象；事实上，它出现在我看到梅尔文下车的那一刻，就好像——简短来说——他周围有一圈黑色的光环。我有一段时间没见过幻象了，但我看到他时，那光环一样的东西就浮现在我眼前，我们开车向前时它又再次出现，但此刻它就像是一只飞过风挡玻璃的黑鸟，速度如此之快，几乎已经消失不见。

“梅尔文感染了病毒。”我说。

*

那天夜里雷雨交加。我们终于返回克罗斯比时，雨下了起来，势头惊人。坐在那栋房子里，听着雨落在房顶上，看着屋外的大海被闪电照亮，无比壮观。每道划过大海的闪电都跟着一记雷声，极美，这就是我唯一想说的。我们坐在沙发上，拉着手——轻握着手——不知怎么，我觉得雷雨让我好受了些。威廉可能也因此好受了些，我不确定，他坐在那里，似乎很遥远。但他看上去筋疲力尽，我也是一样。我告诉了他贝卡对于布鲁明戴尔百货公司的评论，说它物质至上，还有那里卖的东西都是国外的廉价劳动力制作的。“这让我很惊讶。”我说。

他回答道：“啊，她只是这样说说，因为她还年轻。”

“她没那么年轻了。”我说。他说他知道。

然后他觑着眼看向窗户，说道：“但她说的是真的。”

*

我们回来四天后，梅尔文去了医院；他感染了病毒，在医院里待了十天。芭芭拉也感染了，但没有严重到要去医院。她母亲也在养老院感染了病毒，但没有生命危险。梅尔文和芭芭拉继续住在她母亲的公寓里，照顾芭芭拉母亲的那个女人仍旧上门来照顾他们。“哦，天哪！”克丽茜在电话里告诉我时，我惊呼道。我让她叫迈克尔来接电话，他听上去情绪低落，但对我说：“感谢威廉没让他们进屋，露西。”我觉得他人真好，因为他父亲还病得很重。

我不停地在房子里走来走去，心想，梅尔文差点没命！我不敢相信这件事，尽管我知道这是真的。

8

一天晚上，电视里播放了一则关于孟加拉国和制衣工厂的新闻，那些工人甚至都没有拿到口罩，还有很多人失业了，因为现在没人要买衣服，但这些年纪很小的女孩子涌进巨大的屋子里，以最快的速度裁剪着布料——

这些画面让我明白布鲁明戴尔百货就如贝卡所说，是一个展示着许多糟糕东西的地方，而我们曾经就在那里，我们三个人是那么无知、那么愚蠢地享受着这一切，就好像我们可以永远这样做。我们在售鞋专区闲逛，仿佛那是这辈子唯一需要做的事。

*

那天晚上我睡不着觉。在这样的晚上，我的思绪会漫游到不同的地方，那晚也是一样，我想起了这件事：

许多年前，我曾在纽约的一所社区大学教书，有个男人也在那里任教，他年纪比我大得多，在我刚到那里不久后就退休了。他人很好，长着两道浓眉，寡言少语，不过他似乎很喜欢我，我们有时会在走廊里聊天。他告诉我他妻子患有阿尔茨海默病，他记不得她对他说的最后一句话了，因为她变得越来越沉默，然后一直沉默了下去。这个男人——她的丈夫，始终记不起来她说的最后一件事。

此刻，这段回忆把我的思绪带到了我过去常常会想的一件事上：我最后一次接送女儿们的时刻可能已经过去了——在她们年纪还小的时候。这经常令我心碎：你发现自己永远不知道何时是你最后一次接送孩子。也许你会说"哦，宝贝，你现在长大了，我不能再接送你了"，或者诸如此类的话，然后你再也没有接送过她们。

生活在疫情之中就给人这种感受。你不知道。

第二卷

一

1

临近七月底时，我经历了一次严重的恐慌症发作，我生活中的很多事因此改变了，巨大的改变。

不过我想先说一说在此之前发生的一些不幸甚至是可怕的事情，还有一些很好的——甚至是可爱的事情。

*

第一件可怕的事情是这样的：

五月底，一个黑人遭警察持续跪压后颈 9 分 29 秒。黑人名叫乔治·弗洛伊德。在视频中，你能听到乔治·弗洛伊德说："我无法呼吸了，我无法呼吸了。"但警察面无表情地跪压他的后颈，乔治·弗洛伊德最终死亡。

事情发生在明尼阿波利斯市，抗议活动从那里开始，蔓延至全国的许多城市，甚至波及全球。每天晚上，我们在电视上看着人们抗议，有时燃起的火焰伸向夜空，店铺被砸毁，人们抗议着乔治·弗洛伊德——又一个无辜的黑人被杀害。

我想："天哪，他们都会生病的。"但我的感受不止于此。我理解他们的愤怒，我真的理解。

每天晚上，我们看着电视上的画面：在俄勒冈州的波特兰市，局面尤其混乱。示威者们遭到了恐吓威胁，警方也介入其中。这让我恐惧不已。在纽约，人们一次又一次地涌上街头。

所有这一切发生的时候，我感到既绝望又充满了希望。就好像潜藏在这个国家之中的种族偏见突然爆发了出来，来势汹汹，但人们在乎这件事！很多人在乎。

我记得这个：许多年前，我和威廉还是夫妻的时候，一个年轻的黑人在纽约被拘捕——他叫阿布纳·洛伊玛，在乔治·弗洛伊德事件后，我上网查了他的名字，以提醒自己。在警察局中，逮捕他的一名警察用一根断了的扫帚将他强奸。这件事给我的触动很大，我仍然记得那个年轻人的脸，我是说阿布纳·洛伊玛，那个遭遇了这起悲剧的人。他在医院的病床上接受了采访，他有一张坦诚的、可爱的脸。那个伤害他的警察单身一人，和母亲一起住在斯塔滕岛。我恨那个人；我恨他脸上的表情，没有一丝悔恨自责，他脸上始终是一片漠然。我记得自己想要痛击他的脸，如我之前所说，这让我害怕。我是说这种感觉让我害怕。

我从没有打过别人。

但我会有这种感觉；它在我体内藏得很深。

*

之后有一天，贝卡给我发来短信：别告诉爸爸，我们要去参加纽黑文市的抗议。别担心，我们没事！

我立刻给她打去了电话，但她没有接。

我没有告诉威廉。我想起他是如何跑去了康涅狄格州，试图挽救他们的性命，就像我一样，他会因为他们此刻置身于人群之中、没有保持安全距离而担心不已。老天，我很担心，但我也真的为他们感到骄傲。

这段日子里我有一种眩晕的感觉。某种程度上，我好像无法理解这个世界上正在发生的所有事。

2

发生的第二件事——这是一件可爱的事——是这样的：

我们在缅因州认识新朋友了。我们是通过玛格丽特和鲍勃结识他们的。夏季真正到来了，他俩开始邀请我们和不同的人一起前往不同的地方——始终是距离安全的户外活动，而且佩戴口罩——我渐渐发现，我很喜欢通过他俩结识的朋友。他们各不相同。

我很快就会与他们打交道了。

*

但我需要先坦白一件事：

有一天我独自去了杂货店，去买洗涤剂、一些能量棒，还要多买一些酒。外面排了很长的队。人们戴着口罩，互相间隔6英尺站在那里——店家在地上贴了胶带，示意人们排队时应该保持的间距——他们等着被叫进商店。那是一个多云的周日，下午3点左右，我停车时看到很多人急匆匆地穿过停车场，我明白——或者只是我这样以为——人们想要赶紧排到队伍里，因为随着时间一分一秒地过去，队伍越来越长了，绕过了商店的外墙。我站在一个年轻人身后，他一直在看手机，我们渐渐挪到店门口时，我看到一个男人——他上了年纪，脸色苍白，身体不太舒服的样子——我看到他慢慢地穿过停车场，心想：嗯，他们会让他排在最前面进去的。但那个男人从我身边走过，我看见他在朝这条长队的末尾走去。我想：我应该去叫住他，让他和我换位置——因为当时我只需要再等几分钟就可以进店了。

我甚至四下环顾，想看看队伍有多长，队伍已经非常长了。我没有挪动脚步去找那个老人。

我没有那样做。

比我更靠前两个位置的女人——她看上去和我差不多大，也许只比我年轻几岁——那女人对她身后那个一直在看手机的年轻人说："帮我占一下位置。"年轻人没有把眼睛从手机上挪开，我看见这个女人去叫住了老人，那时他正要绕过商店的转角，排到队伍的最后面。她带他走到自己的位置上，让他能立刻进店，做完这些事后女人环顾了一下四周，像是——可能是——在想她能不能重新站到之前的位置上，但谁也没有说话，甚至似乎都没有注意到她，包括那个本该帮她占位置的年轻人，他还在盯着手机。我看到她绕过商店外墙——我猜想她是走向了队尾；她放弃了自己的位置，不得不重新等待。

我想：这么做的人本该是我。我本该为那个老人做这件事的。

但我没有做。

我不想再排一次长队，就像这个女人正在做的一样。

那天我学到了一些东西。

关于我自己，关于人，关于人的自私自利。

我永远也忘不了，我没有为他做这件事。

3

在讲述我们结识的新朋友之前，我要先告诉你，六月第一周的一天下午，威廉散步归来，说他第二天要开车去马萨诸塞州，好让埃丝特尔带上布里奇特，和他在老史德桥村见面——那里有座公园。“已经太久了。”他说话时神情阴郁。

我问他是否想让我同去，好帮他开上一段路，但他说不，单程只有三个小时，他自己可以的。我问他埃丝特尔是不是要自己开车过去，他说是，于是我猜想着她不会带上她那位废柴男友。

第二天威廉一大早就出发了。我给他做了金枪鱼三明治，他差点忘了拿。“威廉，”我叫道，拿着三明治和一瓶水，追着他跑出门，“带上这些！”他把东西接过去。“如果有需要就打给我。”我说，而他只是挥挥手，上了车——他又重新换上了纽约的车牌——沿着陡峭崎岖的车道驶下悬崖。

说来奇怪，一开始我很高兴他走了。我觉得房子里没有他后，有种自由的氛围。我给一个在纽约的朋友打去电话，聊了很久，我们哈哈大笑，我挂断电话后房子里一片寂静。因为正值退潮，我去海边散了一会儿步，我喜欢看各种各样的玉黍螺，有白色较大的一种，数量更多的是棕色的小螺。有时候——并不经常，那天也并没有出现——还能看到一只海星。总是有海草，滑溜溜的，深棕色中带着黄，散布在礁石上。于是我散了步，然后觉得有一点害怕：我想到自己的平衡能力不再像以前那么好了，万一我摔倒了怎么办？这个念头让我丧失了散步的乐趣，同时云朵也聚集了起来——之前一直天气晴好、阳光明媚——我回到屋子里，心想：我要读书。但屋里没有什么书是我想读的。我没法读书；我之前说过，来到这里后，我只能读很少的东西。我也没法写作。

时间还没到中午。

我想到了所有独自熬过这段日子的人。刚和我打过电话的那个纽约朋友独自一人生活。每周两次，她会坐在公寓楼后一张桌子的一头，某个朋友坐在另一头，隔得远远的，这样待一会儿。现在威廉不在身边，我看待这件事的角度有了变化；我是说我更理解朋友的困境了。但朋友能读书，而我不能。不过，她是独自一人。

我希望能见到鲍勃·伯吉斯。我希望女儿们能给我打电话，但她们没有来电，我也没有打给她们。

于是我躺在沙发上，拿出手机和耳机，开始听古典音乐。这一次，我的反应不像之前几次听到大卫（有时）演奏过的音乐时那样。这是我第一次感觉到，我正躺在一朵柔软的、几乎是金色的云上，我一动不动，害怕这种感觉会瞬间消失。我想：我在放松！我能够放松，这太不可思议了。

8点钟，太阳落下时威廉回来了。我走到门口，但他没有进屋，于是我站在那里。过了一会儿我来到屋外，他一定是打开了车窗，因为我听到了他的声音：他在哭泣。他在抽噎。我赶快走到车边，见他把头靠在方向盘上。他抬头看我，说不出话来。他满脸是泪。他还在哭。

“哦，威利。”我低声说。

又过了几分钟，他下了车，没有拒绝我拥抱他，但他并没有拥抱我。他跟在我身后进屋，坐在沙发上，我说：“发生什么事了？”

他说：“什么也没发生。没事。我只是很伤心，露西，我太伤心了。”

我这辈子只看到威廉这样哭过一次，就是他向我坦白自己和乔安妮偷情的那天。她是我俩大学时代共同的朋友，事发三个月前，他和我交代过其他的外遇，但那天说到和乔安妮的情事时，他就哭成了现在这个样子。当时他说：“我真恶心，露西。我是个废物。”我从没听他说过这样的话，过了一会儿他停止了哭泣。我没有因为乔安妮的事情哭。我备受打击，太过伤心以至于哭不出来。乔安妮成了他的第二任妻子，他们的婚姻维持了七年。

现在我只能看着他，等待着，他停止了哭泣，再一次说："没事，能见到她们两个很好。"显然，他是在与布里奇特告别——她开始哭泣——看着埃丝特尔载着副驾驶座上的女儿驶远后，才一边将车开远一边独自哭泣的。

"埃丝特尔对你的态度好吗？"我试探地问他。

威廉说："哦，是啊，当然了。她非常好，再好不过了。"他摇摇头，用更大的力气说，"只不过是我很伤心，露西。"

我明白。

二

1

在我们通过玛格丽特和鲍勃认识其他人的过程中，有这样一个故事：

当时还没到六月中旬，天气十分宜人，鲍勃和玛格丽特邀请我们和另一对夫妇去船坞坐坐——我们占据了两张间隔几英尺的野餐桌，那是个美丽的黄昏，在海边也几乎没有一点儿风，那对夫妇中的丈夫之前在美国卫生与公共服务部任职，最近刚刚退休，他妻子是镇上医院的社工。

那位妻子叫凯瑟琳·卡斯基，坐在桌子的另一头，与我面对面，鲍勃坐在我对面的另一张桌子上。我非常喜欢她。凯瑟琳与我年纪相仿，但看上去很年轻，她红棕色的头发显然被精心修饰过，我是说其中没有一丝花白，我好奇她如何在疫情期间将发型保持得这么好。她不算高，当她起身去附近的垃圾桶丢东西，然后重新回来坐下时，举止中透着一种轻盈敏捷。

闲聊之中，凯瑟琳·卡斯基谈起了自己的童年。她说自己人生中最初的六年是在西安内特度过的，那是一处距离此地大约有一小时车程的镇子，一个小镇；她父亲是那里的牧师，母亲则在凯瑟琳5岁时就去世了。那天晚上她说了很久母亲的事，我明白：这是她心里的痛。她深深地爱着母亲，母亲也宠爱着她，但随后母亲就离开了人世。父亲努力撑起这个家；凯瑟琳的妹妹珍妮被送去了雪莉瀑布镇的奶奶身边，凯瑟琳则留在家中，和父亲以及一个名叫康妮·哈奇的管家一起艰难生活。“哦，我恨她。”凯瑟琳摇摇头，“那个可怜的女人。我恨她，只是因为她鼻子上有一块巨大的胎记，她让我害怕。”

凯瑟琳继续告诉我们，在教堂的会众之中，开始流传起有关她父亲和康妮的恶毒谣言——当然是荒谬至极的——父亲有一天在教众面前情绪失控了——那天凯瑟琳在主日学校，没有看到这一切，但之后的一段日子里，所有的孩子都在谈论这件事：她父亲当着教众的面哭了。教众们意识到自己做得有些过分，于是——据凯瑟琳说——他们向她父亲道了歉，不过他仍然在六个月后离开了那里。

“但可怜的康妮却出了事，”凯瑟琳说着睁大了眼睛，那是一双绿色的眼睛，她非常缓慢地摇了摇头，“露西，她在县里的济贫农场杀了人。”

“她杀了人？”我正准备喝一口塑料杯里的酒，此时放下了杯子。

“没错。是几个被吓呆了的老人。她勒死了他们。她说是为了帮他们解脱痛苦。然后她被送去了监狱，我父亲去那里探望她。”凯瑟琳说这些话时注视着我。

“你在开玩笑。”我说。

“她死在了那里。”

“天哪！”我说。凯瑟琳承认这是个可怕的故事。

我注意到，鲍勃在凯瑟琳说话的时候停止了进食。他面前的蜡纸上放着吃了一半的龙虾卷。当凯瑟琳终于讲完时，鲍勃问她：“你父亲是牧师？在西安内特?”

凯瑟琳说:“对啊。”

“你们是住在一座荒野上的农舍里吗?”鲍勃问。因为方才在吃东西，他摘下了口罩，脸上是一种近乎惊异的奇怪表情。

“是的!”凯瑟琳说，转身朝向他，“那是一座归教堂所有的糟糕的旧农舍，被用作了教区长的住宅。”

“等一下。”鲍勃说。他从口袋里掏出手机，戳了一串号码，然后将手机举到耳边，对凯瑟琳说:“你父亲叫什么名字?”

“泰勒。泰勒·卡斯基。”凯瑟琳说。我觉得她似乎很高兴鲍勃问及了她父亲的事。

鲍勃站起来，对电话那头说:“苏西，是我。听着——”他从桌旁走开。凯瑟琳扬起眉毛看着我。过了片刻鲍勃按下了另一个号码，我听到他说“吉米?”，然后走到了更远的地方。但他很快就回到了桌边坐下，看上去几乎喘不过气来，他说:“凯瑟琳·卡斯基，我知道你是谁。你父亲主持了我父亲的葬礼，我父亲在我4岁时去世，雪莉瀑布镇的牧师和我母亲关系不好，我不知道是为什么，总之她开车去西安内特镇找到了你父亲，由他主持了葬礼。可是凯瑟琳，当时在前廊上的是你！你始终站在你父亲身边，我从来没有忘记过你。凯瑟琳，那是你吗？”

接着发生了一件奇怪的事。她盯着他看了又看，脸上带着奇怪的神情，然后说：“你和一个小女孩坐在车后座上。”

“没错！”鲍勃说，“那是我妹妹苏珊。我哥哥吉姆坐在副驾驶位上，我母亲对你父亲的态度很粗鲁，我是说她心情烦躁，因为丈夫刚刚死去——”

“是你——”凯瑟琳轻声说，“天哪，那是你。”

“你想起来了？说真的？”

“哦，天哪，是的。我这一生永远永远也不会忘记那个小男孩。你看上去是那么难过，我们一直在互相盯着对方。”

鲍勃几乎尖叫出声。“我不敢相信你还记得！因为我一直记得那个站在那里的小女孩，用一双大眼睛盯着我看。我觉得——我不知道——我觉得我们彼此相连。”

凯瑟琳现在完全转向了鲍勃，他两腿分开，跨坐在野餐桌前的长凳上。“嗯，我们是这样的。”她说，

“我们是彼此相连的！因为我们都刚刚失去了父亲或母亲。”

“我刚才给我的哥哥和妹妹打了电话，苏珊不记得这件事了，但吉姆说没错，那个人是从西安内特来的。他记得我们去了那里，记得我母亲朝你父亲大吼大叫。但你父亲还是主持了葬礼。”

“我不记得她吼了我父亲，我只记得我看着你。”凯瑟琳看向我，脸上满是震撼。接着她重新看向鲍勃。“天哪，”她再次轻声说道。她缓缓地摇头，然后转向她丈夫的方向，他坐在我们旁边的野餐桌上。她喊道：“亲爱的！亲爱的，这就是我和你说过的那个小男孩！”但她丈夫正在和威廉以及玛格丽特聊天，凯瑟琳再次转向鲍勃说：“我不敢相信。我真的不敢相信。我们认识几年了，但原来一直都是你。”

我慢慢明白发生了什么，一股暖流穿透了我。

凯瑟琳说：“鲍勃·伯吉斯，等这场疫情结束，我要狠狠地拥抱你，你不知道我要多用力地拥抱你。”

“我期待那一刻。”鲍勃说，强烈的感情从他脸上涌过。

“你父亲是怎么去世的？”凯瑟琳接着问他，鲍勃给她讲了他父亲走下车道去查看信箱时被车撞到的事，孩子们还坐在车里。

“哦，”凯瑟琳说，“哦，鲍勃，我很抱歉。”

他甚至告诉了她这件事：许多年后，吉姆向他坦白自己才是那个做错了事的人，是吉姆乱动了汽车挡杆，而这对鲍勃来说有多难接受，因为他一直——他终其一生都以为，父亲的死是他的责任。凯瑟琳用那双绿眼睛注视着他。然后她只是说：“我对此很抱歉，鲍勃。但我不敢相信多年前我在车后座上看到的那个小男孩是你。我找到你了。”她缓缓地摇着头。

鲍勃咬了一口龙虾卷。“我知道，”他说，嘴里塞满了食物，“我知道。”

那天就发生了这样的事情。我是说，有些时候我遇到的人是很有趣的，而他们的故事交织在了一起！那天晚上我真为他俩开心。当我告诉威廉这件事时，他看上去没受什么触动。他说：“这些事可能是他们虚构出来的。人们很多的记忆都是不准确的。”

我思考着他的话，我自己童年时代的某些事鲜明地浮现在脑海中，我对它们的记忆就像对其他事情的一样清楚：我记得我哥哥有一天在操场上被人打，他蜷缩着身体，双手举在耳边，几个男孩正在踹他。看到这一幕后我跑掉了，我是说，我从哥哥和那些男孩身边跑掉了。关于哥哥和母亲还有另一段记忆，它太过痛苦，令我不敢想起——它只是从我的脑海中划过。我没有费心去回应威廉。我只是为鲍勃开心，也为凯瑟琳·卡斯基开心。

2

有一阵子天气不错，威廉和我会四处开车探索。我们又换回了缅因州的车牌，沿着弯弯折折的小路向前开，路的尽头永远是大海。我曾造访过意大利和克罗地亚的狭窄小道，因为职业的需要去过欧洲的许多地方，但从没见过有哪个地方像此处一样，我想：这里太美国了。因为它的确如此。

我们经过年代久远的墓地，在其中一处停下，读着墓碑上的名字和生卒日期。威廉走在我前面，说："露西，看这个。"我走到他站立的地方，他挥手示意，我看到有许多墓碑上的死亡年份都是1918和1919年，墓主并不都是老年人。“是大流感。”威廉对我说。

我想：世界曾经历过这一切。

那看上去是很遥远、很久远的事情，但对于在大流感中失去了朋友和家人的人来说，他们的感受就像我们此刻所经历的一样痛苦。

但我们四处探索，这就是我要说的，而天气也越来越好。这就像是真实的世界对我们张开了双臂，它美不胜收。它疗愈了我们。

*

我在电脑上查询大流感的信息，看到当时学校停课关门了，教堂也是。在一些老照片中，许多人——大多是男人——躺在临时医院里低矮的病床上。

威廉对我说：“也许你家的祖辈里有人死于大流感。需要我帮你注册族谱查询网站吗？”他问我时几乎带着兴奋的神情。

我说，不。我不想知道任何关于我家族的事。

3

不过女儿们让我很难过，我几乎无时无刻不在思念她们，但我们通话时，她们从不会说“我想你，妈妈”。我突然想起从前，贝卡即使在和特雷结婚后，也会和我说这句话。然而这段日子里她不再说了。

有时候我甚至起得比威廉还早，这时我会出门散步，因为我感到十分焦虑。我的焦虑来自女儿们。有一天我给克丽茜打电话，问她贝卡好不好——我知道她会向贝卡传话，但我真的很想知道——克丽茜说：“妈妈，别担心她。她有心理医生劳伦，还有我和迈克尔陪着她，她没事。”

“她不再给我打电话了。”我说。

克丽茜犹豫了片刻，然后说：“我想她不再像之前那样需要你了。甚至和特雷在一起的那些年里她也是需要你的，但是，妈妈，你已经做了你该做的，她在走她的路。”

“好的，”我说，“我知道了。”

我确实知道了。

但我得告诉你，这让我心碎至极。

*

克丽茜两天后给我打电话。她说："好吧，现在我有事要告诉你，你听了会高兴的。我觉得我们不该在上次谈论贝卡的时候提起它，"她说，"但我敢说你已经知道了。"

"你怀孕了。"我说。

预产期在十二月。"别告诉爸爸，我们打完电话后，我会自己和他说。"

哦，我欣喜若狂——

"他出去散步了。"我说。我们聊到她一点儿都不觉得恶心想吐，只是有时候有种轻微的不适感，她胃口很大。她说他们不准备预先知道孩子的性别。"我们想要惊喜的感觉。"然后她说，她很高兴威廉赶走了梅尔文。"你能想象吗，妈妈？我是说，那时我怀孕了，如果他来和我们一起住——哦，妈妈。"

"我知道。"我说，"你们还去参加抗议吗？"

"别担心抗议的事，妈妈。活动的规模很小，而且我真的很注意安全。"

"好的，"我说，"好的。"

哦，我们挂断电话时，我简直兴奋极了！克丽茜要有她的孩子了！我想到抱着宝宝的感觉，想到宝宝的衣服，还有克丽茜会成为一个非常好的妈妈。不知怎么，我想象她怀中是个男孩，而——哦，这整件事真叫我激动！

威廉回来时也一脸喜色；我们立刻说起了这件事。"她告诉你他们不准备提前知道孩子的性别，是吗？"威廉问。我说，是的，她告诉我了。威廉说："太好了，露西。这真是好消息。"我说我太兴奋了，几乎无法承受。

没过多久，我看到威廉的表情暗淡了下来，他说："我想念布里奇特。"他走过去眺望外面的大海。他说："我要快点再见到她。"

"随时去吧！"我说，但他没有回答我。

*

那天晚上威廉敲打着电脑键盘，他抬起头，随后关上了电脑。他对我说："你记得我们写婚礼誓词的时候吗？你希望我们的誓词不只是'直到死亡将我们分离'，而是'直到永永远远'，你还记得吗？"

"提醒我一下。"我说。

"我刚刚就这样做了。"他端详着壁炉，然后低头看向鞋子。"你想确保我们不只是死前不分离，你想确保我们在一起的时间比这更长。"

我确实记起来了。我说："我想我是害怕死亡。"

"我觉得不是。"威廉说，"我觉得你只是真的很爱我，希望能永远这样。"他接着说："我觉得这和害怕死亡恰恰相反。你纯粹是不相信死亡。"

"我当然相信。"我说。

"哦，我知道在实际意义上是这样，但你——哦，算了。"他说，好像突然精疲力竭。但接着他简短地挥了一下手："露西，你是个精灵。你知晓很多事情。我以前和你说过。没有谁像你一样。"

我想：他说错了。我惧怕死亡。我也不知晓任何事。

4

示威者们仍然每晚都会走上街头，而我也仍然为他们的健康担心，但这场暴乱似乎要结束了。询问女儿们的时候，她们说在纽黑文参加的守夜和抗议活动中从没发生过暴力行为。

我认真聆听着新闻中人们所说的话，那些有色人种，说他们每天钻进自己的汽车，或者走在自家附近的人行道上时，都不禁担心会被人拦下。他们无时无刻不深感自己处在实际的危险之中。

这让我想起很多年前，我离开威廉之后，参加了亚拉巴马的一场作家大会，在场的一个女人，她写诗，是个黑人，独自从印第安纳州开车来参加会议，中途她迷了路，直到夜里还没有找到我们要住的大学。我突然想起的是她那一夜的恐惧。她曾对我说："你绝不想成为孤身一人行驶在荒凉道路上的黑人女性。"

这话让我思考了很久。

*

之后不久，我姐姐薇姬打来了电话。看到手机上出现她的号码，我十分惊讶，她从来不会主动打给我，向来是等着我打给她。前面说过，我每周会给她打一次电话。

薇姬对我说："露西，我加入了教会。"

我说："真的？"

她说是的，她加入了——我不记得教会的名字了——她说这改变了她的人生。

"在哪方面？"我问。

薇姬说："我知道你会对此嗤之以鼻，露西。但当你真的在祈祷时——当你和别人一同祈祷时——主的圣灵会实实在在降临到你身上。"

于是我说："你是说你看到圣光了？"

薇姬说："我就知道你要嘲讽，我就知道你会这样。我甚至不知道干吗要告诉你。"

"我不是在嘲讽！"我说。我正坐在那张凹凸不平的红沙发上，边说边站起身来。她说话的时候我在屋里走来走去。她说她是两个月前加入教会的，她说自己从来没有面对过如此友善的人，于是我又犯了一个错误，我问她："你和别人一起参加宗教活动？薇姬，这是疫情期间。"

薇姬说："主会保护我的。"

"但你会戴口罩吧？"我问。

"我们不在教堂里戴口罩，露西。我上班的时候必须戴口罩，但在教堂里我们不戴这东西。"

她停顿了一下，然后说："露西，我这些年在那么多的电视节目里见过你，所有那些早间节目。我曾经相信它们，我相信自己看到的东西。但现在我不再相信了。"

我吓了一跳，因为——从某种程度上说，她的话没错。这些年来，我越来越被这件事所震惊：每次做客一档电视节目，总会有些不太真实的东西出现，新闻播音员的充沛活力、现场的布景，所有的一切。还有电视台总是在寻找着所谓的"爆点"。

薇姬继续说："我不再看电视了。我不相信他们说的是事实。他们说的是片面的事实，企图摆布我们，把我们引向错误的方向。这就是我的感受。"

我暂停了片刻，问她："你在两个月前加入了这个教会，却直到现在才告诉我？”

她说：“你想知道我为什么没有告诉你？坦白说，露西，看看你自己的反应吧。”

我突然很累，重新坐了下来。“我不是故意要无礼。”我告诉她。

“嗯，你是很无礼。”薇姬说，“但我原谅你了。”

我问她，她丈夫和她女儿莉拉是否也加入了教会。“是的。”薇姬说，“我要告诉你，这让我们的人生有了翻天覆地的变化。我们过去连吃饭都不在一起，现在却每天一同就餐，做餐前祷告，这是完全不同的经历。”

“我很高兴，”我说，“我很高兴听到你们现在一起吃饭。”

就在挂断电话之前，薇姬说：“我为你祈祷，露西。”

“谢谢。”我说。

我告诉威廉的时候，他只是耸耸肩，说：“希望这能让她高兴。”

*

我仍然去散步，早上一次，下午一次。那个坐在家门口台阶上抽烟的老人——汤姆——和我的关系更好了。有一天他坐在那儿时，台阶旁的一丛灌木朝他脑袋的方向倾斜着。“汤姆，”我说，“你好吗？”他说：“很好，亲耐的。你呢？”没什么事情可说，于是我们说起了“没什么事情可说”这件事本身。然后他说：“你觉得温特伯恩家的房子怎么样？”我说房子很好。他瞥了一下旁边，重新看向我时说道：“嗯，我很高兴你在这儿。”我突然意识到，鲍勃·伯吉斯可能没说错，几个月前把纸板插到我们车上的人是汤姆，因为他特别提到了温特伯恩家的房子，还短暂地将目光移开。但我只是说：“好的，谢谢你，汤姆，很高兴听你这么说。”

在我转身离开之际，汤姆眯眼看着自己吐出的烟雾，对我说：“见到你让我很愉快，亲耐的，一贯如此。”

我告诉他我也有同样的感受。

5

然后发生了这件事：

临近六月底时，贝卡感染了病毒。

克丽茜打电话告知我此事，当时是下午，我正准备出门散步。威廉去看那座瞭望塔了。克丽茜说："妈妈，听我说完，不要抓狂。拜托了。"

我说："我不会抓狂的，快告诉我吧。"

她告诉我贝卡感染了病毒，是特雷传给她的。贝卡回布鲁克林去见特雷，他们做爱了。他说他不知道自己感染了，但第二天就病得很重，贝卡也在五天后生病了。

我说："克丽茜，我真不敢相信！"

克丽茜说："我明白。"

放下电话后，我在餐桌边坐了很久，然后打给了威廉，他正在外面散步。"我五分钟后回来。"他说。

他进门时显得十分苍老，我因此对贝卡升起了怒气。有那么几个短暂的瞬间，我对她很生气。然后怒气消退了。"你打给她吧。"我说，威廉照做了。他小心翼翼地和她说话。我听到贝卡开始在那边哭泣，但回答了他的问题。她没有发高烧，她丧失了味觉和嗅觉，她洗澡时感觉肺部“像海绵似的”。威廉挂断电话后告诉我这些。他还说贝卡问他“妈妈生我气了吗”，这刺痛了我的心。威廉告诉她我没生气，我们都很担心。但他坐在那里，看上去被击垮了，肩膀塌陷，眼神游离。

说来奇怪，相比她的婚姻状态，我对她生病的事情没有那么担心。我的意思是，不知怎么，我的第一感觉是她还年轻，会没事的——事实也的确如此——但她和特雷复合的事情很让我忧心。我也感到了一种强烈的疲倦。威廉和我沉默地坐了很久。窗外新长出的鲜绿色叶子闪耀着阳光，几乎是透明的，它们是那样新鲜。

*

贝卡第二天给我打电话。她是从浴室里打给我的，声音有些低沉。“妈妈，我太难堪了，我太——哦，妈妈。”她说。

我一边听她说，一边在房子旁边那块小小的草地上踱步。她说特雷一直在给她打电话，她很想念他，她想要回到他身边。“但我不想告诉你。”我说我明白。她说特雷告诉她，他和那个女人——据他所说——结束了。“她也是个诗人，妈妈。老天啊。”我听她说下去。贝卡回到公寓后，发现特雷并不是她想象的那样。“妈妈，他让人恶心，但我们做爱了，妈妈。我不知道为什么——但我们做爱了，这在当时似乎是正确的事情，却并非真的如此——哦，妈妈。”

我任她继续倾诉，直到她渐渐安静下来，我告诉她这不是什么新鲜事，在试图决定下一步该怎么走的伴侣之间，这种事从来屡见不鲜。

“真的吗？”她问。

“哦，是真的。”我说。我没有告诉她，当我和她父亲分开时，我们之间也上演过类似的事情——以我们自己的方式。

我只是任由她说下去，一直说到她累了为止，她很久之后才挂断了电话。

等特雷的病情好转了一些——他恢复得比贝卡更快——他搬去了下东区的某栋公寓。贝卡留在他们的公寓中，那是威廉买给他们的新婚赠礼。“我想卖掉它。”贝卡说，威廉要她大幅降价，赶紧离开那里。一旦贝卡的病情见好——她过了三个多星期才好转起来——她就将公寓公开出售，回到康涅狄格州，住在靠近迈克尔和克丽茜的那间客房里。

6

出于某些无法理解的原因，想起纽约的那栋公寓仍然使我很烦恼。我不断默念：快消失吧。我觉得它几乎无时无刻不牵动着我的心，以一种不好的方式，我感到自己距离回家的日子越来越远，而当我想象自己最终走进了公寓时——那会是什么时候？——我心中充满了某种绝望的情绪。大卫不在那里，但在这场疫情到来之前，他也已经有一年不在那里了。我不知道该做什么，反正也无事可做。妈妈，我默默地在心里朝我幻想出来的那个亲切的母亲哭喊，妈妈，我好迷茫！而我幻想出来的那个亲切的母亲说，我知道，露西，但事情会好起来的。你只需要咬牙撑下去，亲爱的，你只需要这么做。

*

贝卡回到康涅狄格州不久后给我打来电话，声音中满是兴奋。她认识了迈克尔的一位朋友，对方也已经感染过病毒了，所以他们见了很多次面。“我觉得他喜欢我。”贝卡说。

“他当然喜欢你。”我说，然后我问她，“他是做什么的？”

“他是编剧，”贝卡说，“他给纪录片写剧本。”

我心想：老天啊，他会伤透她的心，因为离婚或分手后的第一段感情往往就是这样。但我没有告诉贝卡。

7

克丽茜流产了。

她出门跑步，腹部开始绞痛，回到家时大量出血，迈克尔开车送她去看急诊。她在那里待了一天。医生设法止住了流血，现在她回家了。

打电话告诉我此事的是贝卡，她说：“别难过，她现在还没法和你说话。”我说我明白，心里却想着：克丽茜！哦，亲爱的克丽茜！“那她还好吗？”我小声问道。贝卡停顿了一下，然后说：“嗯，你可以预想到的，妈妈。她非常沮丧。”

“当然了。”我说。

我们又聊了几分钟；我叫她让迈克尔在情况允许时给我打电话，贝卡答应了。然后我们挂断了电话。

我怔怔地坐在圆形的餐桌边。我一次又一次地想，哦，克丽茜，克丽茜。

克丽茜。

威廉回来后我告诉他这件事。他坐在餐桌对面，什么也没说。我们只是久久地坐在那儿，没有说话。最后我说：“她为什么要去跑步？”

威廉摊开他放在桌上的手，说：“医生说她可以继续跑步。”

“是吗？”我问，“为什么？”

威廉只是摇摇头。

“可你怎么知道医生说了这话？”我追问道。

“她有一天告诉我的。她说医生告诉她，眼下她可以继续锻炼。”威廉站起来，走到客厅的窗户边，然后又回来重新坐在我对面。

我想起来在我年轻的时候，我母亲曾说——我们镇上有个领养了孩子的女人，结果那孩子不太健康——针对这件事，我母亲说：“如果一个女人无法生孩子，那是有原因的。”她的意思是，这都是因为这女人不会是个好母亲。

回想这件事叫我毛骨悚然，因为我或多或少相信她的话。

但克丽茜会是个很棒的母亲。我把这件事讲给威廉听，他翻了个白眼，说：“你母亲绝对是个疯子。天哪，露西。”

我琢磨着这件事。

我母亲——因为她是我母亲——对我年轻的人生影响巨大。对我的整个人生影响巨大。我不知道她是怎样的人，也不喜欢她这个人。但她是我母亲，所以我心中的某些部分还是继续相信着她所说的话。

*

日子一天天过去，我却并不记得是怎么过的。克丽茜没有音信，让我感到一种可怕的麻木。迈克尔终于打来了电话，听上去非常严肃。他说：“她很难过。”我说，当然了。

然后，临近那一周的末尾，威廉散步回来时说：“我刚刚和他们两个人通过话。他们感染了病毒。”

克丽茜显然是在急诊室里染上病毒的，因为她在第二天接到了一通电话：很遗憾，有个和她同处一室的人新冠病毒检测结果呈阳性，不过由于她当时戴着口罩，可能不会有事。但她还是出事了。接着迈克尔也病了。迈克尔的病状与她不同，他背痛得厉害，奇怪的是并没有发作严重的哮喘，尽管他出现了哮喘的症状。克丽茜的情况与贝卡更像。

我立刻给贝卡打电话，她接了。她说：“他们会没事的，妈妈。别担心。我在这儿照顾他们。”我告诉她我为她骄傲，她说——在我听来只带着一丝最轻微的反感：“当然了。”

“威廉，”我说，“为什么他们打给你而不是我？”我并没有嫉妒他的感觉，只是想要知道。

而他说：“哦，露西，他们只是怕你会太过担心。”

“可你不担心他们吗？不担心迈克尔？”

“担心，”威廉说，“但我不会表露出来。”

“我明白了。”我说，我明白了。

*

之后的那周，克丽茜终于给我打了电话，她显得寡言少语。我问她感觉怎么样，她说她没事，她正在康复，迈克尔也是。她说很奇怪，迈克尔只出现了一点点呼吸上的小症状，他正在好转的过程中，尽管克丽茜说他“脑子雾蒙蒙的”。

“天哪。”我说。她回答：“是啊，他说他有点儿了解患痴呆症的感受了。”我心想：老天爷啊。“但情况正在好转，”她说，“绝对是在好转。”

然后克丽茜说：“我们会有一个孩子，妈妈。无论如何我们都会组成一个家庭。”

我说：“是啊，你们会的。”

克丽茜说："贝卡喜欢的那个人——那个纪录片编剧，原来是个人渣，她挺难过的。"

"天哪。"我说。

"她会没事的。"克丽茜说，我说是这样没错。

挂断电话时，我注意到，我有一丝不再被两个女儿需要的感觉，我明白这是因为她们的悲伤深深感染了我。

三

1

威廉和洛伊丝·布巴——他同母异父的姐姐保持着联络，现在是七月，他们有了个计划。他们打算各自出发，开上两个半小时的车，前往奥罗诺的缅因大学，在校园里碰面。他把她的邮件读给我听——我觉得他几乎是沉溺其中——她提出了这个计划，是因为他说自己对疫情十分警惕，不可能去她家里，而洛伊丝原本是邀请他去家里做客的；他回绝得十分委婉客气，于是她提出了在奥罗诺见面的方案。他略带芥蒂地告诉洛伊丝，我不会和他同行。她回信说自己十分理解，她非常期待与他见面。

“我得给她带些什么。”距离出行还有几天时，威廉说，“我能给她带些什么呢，露西？”

“我们会搞定的。”我说，但我并不知道他该带什么。

第二天他对我说：“我要给她做布朗尼。”

“布朗尼？”我问。

“对，”他说，“我从来没做过布朗尼，但我要为她做。”

“好吧。”我说。

他去了杂货店，带回来了一只锡箔布朗尼烤盘，还有一盒布朗尼烘焙粉。我看他搅拌着一团深棕色的东西，将它铺平在烤盘上；他已经在烤盘底部摊开了一大块黄油。他把烤盘放进烤箱里，我说：“提前五分钟打开查看下，这个烤箱有年头了。”他照我说的做了，但布朗尼的边缘已经有点焦煳，他显得很沮丧。

“它们很完美。”我说，“说真的，威廉，这很完美。”我用一张锡箔纸盖住烤盘顶部。

清晨，威廉带上了一份午餐和几瓶水，早早出发了。

天气不是特别热，天空非常蓝，飘着许多白云，于是我给鲍勃·伯吉斯打电话，问他想不想去散步。“或者叫上玛格丽特一起。”我补了一句。但玛格丽特没时间，因此鲍勃开车过来，我们朝小海湾走去，我对他讲了洛伊丝·布巴这件事情的来龙去脉——之前我和他讲过一些，但这次我说得非常详细——他不断看向我，说道：“露西！哇！”我喜欢他全神贯注、十分在乎的样子。“所以我很紧张，希望一切进展顺利。”我说。

“现在我都紧张了。”鲍勃说。

接着我告诉他克丽茜流产的事情。接下来发生的一幕可不是开玩笑：鲍勃停下脚步，口罩上面的眼睛里噙满了泪水。“哦，露西。”他小声说道。我说这是她第二次流产了，而他只是不断地说着“哦，露西”。我说谢谢你，鲍勃。我们继续散步。太阳高高地挂在蓝天上，周围是朵朵白云，然后，有那么一刻，太阳躲进了一片云里，世界看上去不一样了；我是说我们脚下的这条路、那些树木，都变得柔和了。

我对他说：“我姐姐找到了上帝。”

接着发生了一件我觉得非常有意思的事。他看着我，认真地看着我，然后轻轻地点了点头，说：“我懂。”我说：“谢谢，因为我也是。”太阳从云后面出来，我们走到了小海湾。

坐在长椅上，鲍勃问我：“那么，露西，你相信上帝吗？”

我很吃惊。在我认识的人当中，没有谁问过我这样的问题。于是我如实相告。我说：“嗯，我不是不相信上帝。”我眯起眼睛望向小海湾，在太阳的照射之下，海面上闪着一片白光，其中一座码头上有几只海鸥。我说：“我的意思是，我不像我姐姐那样，相信那种父亲式的上帝。”鲍勃说：“你并不知道你姐姐相信的是父亲式的上帝。”我看着他说：“是的，你说得对，我没问过她。”鲍勃说：“不过请你讲下去，我很好奇你的想法。”于是我说：“这个嘛，我对上帝的感受在这些年间发生了改变，我只能这么说：眼见不一定为实。”我补充道，“我只是很确定，眼见不一定为实。”

鲍勃看着我。刚才他点了一支烟，把拿烟的手举在身前。“我的看法，”他说，“就是贴在公理会教堂布告栏上的一句话，它写在一张巨大的纸上。在我小时候，我们有时会去那座教堂。‘上帝是爱。’这句话被用正体大写在楼下接待室的布告栏上。很奇怪我还记得它，但我想我一直都记得。”他眯起眼睛看着自己吐出的烟雾。

“能记得这句话很好。”我说，“它说得没错。”过了一会儿我又说，“知道吗，几年前我读了一本书，其中几章讲了类似的事情：我们的责任是要尽可能优雅地背负沉重的奥秘。”

鲍勃点点头：“说得很好。”

我说：“是啊，我也这么想。”

这个话题似乎没什么可聊的了，于是我们在友好的沉默中坐了一会儿，他抽着烟，阳光洒下来。鲍勃问：“记得我们曾经会看报纸吗？真正的报纸。”我说：“是啊，以前我们好像整个上午都在读《星期日泰晤士报》。”然后我说：“为什么问这个？”他耸耸肩：“我很怀念，仅此而已。我怀念它曾是日常生活的一部分，读到各种各样我不知道的事情。我是说，我现在有时也会买报纸，但直接从电脑上看新闻要便宜得多。”

我探身向前，给鲍勃讲了大约十年前我在哥伦比亚大学听过的一场讲座，主题是互联网及其带来的种种变化。我告诉他，那位主讲人说人类历史上有三次重大革命；第二次是工业革命，第三次是社会革命——也就是当下互联网改变世界的方式。我说："我印象最深的是这个人告诉我们，因为身处变革的中期阶段，我们有生之年不会看到它最终给世界造成的影响。"我说这让我想到了我姐姐，她从互联网上获知的新闻，来自一些我从没想过要去往的地方。

鲍勃在长椅的侧边上把烟头压灭，说："是啊，你说得很对。我觉得互联网让许多事情——包括好事和坏事——成为可能。"他把烟头放回烟盒里，他总是这么做。

我们站起身往回走时，我说："威廉和我说了他前列腺的问题，我想谢谢你带他去你的医生那里验血。你真是太好了。"

"嘿，应该的。"鲍勃只说了一句。

我差点说，你还说上帝是爱！但我没有说这句话。

我们走回房子，在上车之前，他张开双臂说："紧紧地拥抱你，露西。"我张开双臂说："紧紧拥抱你，鲍勃。"

*

晚上七点，威廉把车停在了车道上。

他几乎是一路蹦跳着进了屋，下车进门的路上他就摘掉了口罩，他说："露西！她太棒了！露西，她喜欢我！"他这样说着，棕色的大眼睛里闪烁着快乐的光芒。天哪，我真开心。

我说今晚由我来做饭，好让他把一切讲给我听。于是他坐在餐桌边讲了起来，我印象中他的语速从没这么快过。"我有个姐姐！"他不断说着，摇着头，"露西，我有个姐姐。"他说他们是在图书馆的台阶上碰面的，立刻就认出了彼此，"不只是因为台阶上只有我们两个老年人"，而是因为他们认得对方，哪怕戴着口罩。"看到她的那一刻，我想：是你！"他告诉我她也说了同样的话。于是他们搬来自带的草坪椅，坐在图书馆前的那一大片草地上，聊了好久好久。

洛伊丝说她是在这里上的大学，她所有的孩子都念了这所大学，她最大的孙子前年六月份从这里毕业。她说，她是在这里认识她丈夫的，之后他去塔弗茨读了牙科学校。她说她最小的弟弟戴夫和儿子乔一起经营着特拉斯克农场，那是一座马铃薯农场，她就是在那里长大的。然后她问起了威廉的女儿们，对于可怜的布里奇特不得不和母亲的废柴男友待在一起，她尤其表现出善意，她对此是那么体贴。而当威廉告诉她克丽茜流产的事情时，他告诉我："露西，她眼里噙着泪水！她说她流产过两次，真的为克丽茜感到难受。"

接着他们说起了母亲，凯瑟琳·科尔。他们反反复复地谈到凯瑟琳的身世，她为什么嫁给了洛伊丝的父亲，又为什么抛下他去找了那个德国人——这是洛伊丝对威廉父亲的称呼。

我坐在餐桌对面看着威廉。认识这个男人许多年了，我觉得我从没见他这么快乐过。

那天晚上，躺在床上睡不着时，我才意识到威廉之前很孤独。虽然身边有我、我们的女儿、布里奇特，还有另外两任妻子，但威廉觉得自己在世上很孤独。现在他有了一个姐姐。我在内心深处悄悄哭泣，既是因为高兴，又是出于悲伤。

就在我睡着之前，一个念头划过脑海：威廉选择在疫情期间来到缅因州，是因为他有个姐姐在这儿。他肯定是一直期待着这一刻，期待着他们之间的和解。不然他会带我去蒙托克找栋房子住。但我们来到了缅因州。

有可能是这样吗？我琢磨着这件事，进入了梦乡。

2

我开始觉得头脑不对劲。

我记不住事情。话说出了一半，我会记不得接下来要讲什么。鲍勃说："我也遇到过这种事。我觉得这只是疫情带来的副作用。"

但情况并没有好转，要说真有什么的话，我觉得或许是更严重了。我的头脑中还有一种困惑的感觉。比如当我走进卧室时，我会想：哎，我为什么来这儿了？这让我想起迈克尔感染病毒后"脑子雾蒙蒙"的感受，但是他的症状已经消失了，再说我也从没有感染过。不过坦白说，有时候我记不得自己为什么要走进某个房间。举个例子，当我在厨房里做咖啡，把滤纸放进咖啡机时，我会觉得我的动作变慢了。这令人不安：我感到了衰老。

我和威廉提起这些，他似乎对此没什么反应。我说："但你注意到了吗？"

他挥了一下手："你很好，露西。"

我不觉得好。

*

一天晚上，我在电脑上看了一段视频，主题是物理学以及"我们没有自由意志"这件事。我看着电脑，觉得自己没法非常透彻地理解，但当他们说到一切都已经发生，不存在所谓的过去、现在和未来时，我或多或少有些领悟。这勾起了我的兴趣。我问威廉有什么看法——我看完视频后向他解释了内容，解释的时候想起去年夏天来到缅因州找他同母异父的姐姐时，他有一天晚上对我说，人很少能选择去做什么事，他们只是做了。

此刻他坐在房间另一头的椅子上看着我——他正在读书，耸耸肩："我不是物理学家，露西。"

"我知道，但你是怎么想的?"

他抬腿变换了一下坐姿。"我想他们可能是对的，但那又有什么关系?"然后他说："不过这多少解释了你母亲看到的幻象。"

"我知道，"我说，"我的想法和你一样。但你为什么说'那又有什么关系'？说真的，威廉，我觉得这很有趣。如果一切都是预先决定好的，那么——"我环视房间，"我们又在这里做什么?"

一丝浅笑在他嘴角稍纵即逝，但他看上去很累。"我知道，我有时也这么想。"

"但我们在这里做什么?"我追问道。

"露西，我在这里做的，"他说，"是试图挽救你的性命。"他停顿了一下，又说，"不过，我觉得如果你像原先计划的那样去意大利或德国签售图书，你可能会丧命，而你也确实没去。"

"我知道，莫名其妙的。"我说。

"我明白，"他重新拿起书，"不存在过去、现在与未来，这很有趣，我同意你的看法。"但接着他耸耸肩说：“谁又真的知道什么呢，露西。”他再次读起书来。

3

我染了头发。我一直将头发挑染成金色，但现在它变成棕色了——只掺杂着几缕灰白。头发变棕后，我觉得我看上去就像母亲，这让我无法忍受。于是我去药妆店找染发剂，选了一包后，回家按照指示操作，不到两小时头发就变回金色了。效果完美！

然后我开始脱发。

浴缸的排水口被堵住了，我站在高过脚踝的积水中，几个小时后水才能排光。这个浴缸有年头了，排水口不能取出，只能被打开大约一英寸或者关上。每次淋浴时，排水的速度都越来越慢，排完水后的浴缸十分肮脏。

还有我的头发！我一直把它扎起来，但由于发量过少，我看上去可怕至极。纽约的一位朋友向我推荐了可以在网上订购的生发药片，我下单了，但药片搞得我肠胃极其不适。过了一阵子头发不掉了，只是软绵绵地贴在我的脖子上。

最后我告诉威廉，我们需要找位水管工，他说水管工不能进门，他担心会传播病毒。他上网查询，看到有人说往排水口里倒半盒小苏打和一杯白醋，就能疏通堵塞。

第二天早上，威廉蜷着身体，半趴在浴缸里，身下垫着一条脏毛巾，试图往半英尺的小孔里倒小苏打。他嘴里不住咒骂着，终于用刀把小苏打戳进了狭小的开口里。这花了相当长的时间，当他爬出浴缸，把身上擦干净时，他说："现在都归你管了，露西。"于是我倒了一杯醋，下水口传来几下咝咝的声响，但积水并没有变少。

威廉很是厌恶，出门散步了。

我把一加仑的白醋倒进排水口，听到了更多咕咕声，然后我上网查询，又倒进了一加仑的漂白剂——这回奏效了！我等不及威廉回家，给他打电话说："这回成了。"

"真的？"他说，他回来后，老实说，我们就像两个成功通过摩擦木棍生火的孩子一样兴奋。下水道通畅无阻，我高兴地清理了浴缸。

我的头发仍然是非常非常稀疏的金发。

随着日子一天天过去，我的头发又变回了棕色，我告诉自己：好吧，至少新头发长出来了。但头发生长的方向很奇怪，不肯顺从地贴在我的头顶上。妈妈，我在心里对幻想出来的亲切的母亲说，妈妈，我看上去糟透了！我幻想出来的亲切的母亲说，没关系，露西，你的头发是因为受了打击变少的。

我明白她说的没错。起初我很难直视镜子里的自己，但渐渐习惯了。我想：谁在乎呢？

（但我在乎。）

4

我们把充当前廊墙壁的树脂板拆下来，换上了靠在内墙上的纱窗。我们在那里吃饭——前廊空间足够大，如果我们只打开一侧活动桌板的话，放得下铺有缀着绒球印花桌布的圆形餐桌。大海无边无际，我们打开窗户就能听见波浪声。我学到了有关海浪声的知识：它有两个层次，有一种低沉而持续的声音，宁静却厚重；还有一种是海水击打岩石的声音，这总是让我心潮澎湃。光线的变化令人称奇，日光在每天早上投射下来，颜色苍白，接着几乎是撞入一片黄色里，然后随着时间的流逝，似乎变得更黄。下雨的时候天气并不特别寒冷，尽管大多数夜晚空气会变得比较凉。

*

我和威廉之间渐渐有了一种奇怪的融洽感。我甚至忘记了我曾经不得不跑到海边去咒骂，因为吃晚饭时他不听我说话。我的意思是，说到底，我们被困在了一起，也多多少少适应了这样的处境。我们会聊起见到的形形色色的人，我告诉他有一天晚上我在食品分发处认识了一个名叫莎琳·比伯的女人——那天有个义工来不了，玛格丽特叫我临时补缺。

于是我去了食品分发处，那是一座木质建筑，不是很大，算上我有五位义工。我们要装好箱子和食品袋，互相间隔六英尺站立，戴着口罩，把食品罐头、厕纸、尿布和一些冷冻的肉放进箱子里，然后把农产品放进纸袋。这些农产品大多来自镇上的杂货铺，生菜和芹菜叶子看上去有点破破烂烂的，但我们还是照装不误。我们的设想是当人们前来拿取物资时——玛格丽特说这个食品分发处为五十个左右的家庭提供必需品——我们会帮他们把东西搬上车。

我发现自己站在靠近桌子远端的位置，一个女人推来了一辆装着食品罐头的小车，站在我旁边；由于房间的形状，我们俩几乎是站在一个与其他人隔开的独立区域中，女人说她叫莎琳·比伯。我知道她是义工，因为她身上套着所有义工都会穿的蓝色工作服。她开始小声和我说话，几乎没有间断。她的卷发有一点花白，鼻子很小，只是稍微有点向上翻——我是在她的口罩滑落时看到的。她很快就告诉我她今年 53 岁。她一边把食品罐头装箱一边说起她的工作：她在枫树公寓当清洁工，那是镇上的一座养老院。因为疫情，她失去了工作，但养老院在三个星期之后又把清洁工们叫了回去。莎琳把口罩向上拉，说她丈夫在几年前去世了，而她一直没法生育。我匆匆看向她口罩上方的面孔时，她告诉我她始终无法走出失去丈夫的阴影。她去找过牧师——她没告诉我是哪座教堂，牧师对她说："你试试每天起床后保持微笑，我就是这么做的。"

莎琳看向我。"这有多蠢啊。"她说。我说是很蠢。然后莎琳用更小的声音说，她有过一次"放纵"——她用的是这个词——那是在她丈夫去世后，对方是镇上一个叫弗吉的家伙，后来弗吉死了，他妻子最终住进了枫树公寓，莎琳偷了她的鞋，一只脚的。"我打算之后那周还给她，但接着我们就失业了三个星期。"她说。似乎没有其他人在听我们说话，她继续讲下去。"我对此也撒了谎，因为之后那周我到公寓时，她们告诉我那个女人——埃塞尔·麦克佛森说我偷了她的鞋。我说，哦，她有点疯疯癫癫的。她们都笑了，我是说管理部门的那些女人。然后她们说我得休息一下，我是说所有清洁工都要休息，因为疫情。当我们三周后复工时，埃塞尔去世了。"

我琢磨着她的话。"为什么只偷一只鞋？"我问。我真的很好奇。

莎琳点点头说："因为那天早上我打扫第一个女

人的房间时——她叫奥丽芙·基特里奇[1]，当时正像只大牛蛙般坐在椅子上，奥丽芙说：‘我正坐在这儿想一个年轻的女人，我曾经偷过她的一只鞋。’我问为什么只偷一只鞋，她转过身对我说：‘我觉得这会让她抓狂。’我问，那她抓狂了吗？奥丽芙耸耸肩说‘我不知道’。”

我喜欢这个女人，莎琳·比伯。

我们将箱子和袋子送到等在外面的车上，开车的大多是女人。其中一些车里坐着孩子，他们看着我，然后移开目光。我理解他们。有些女人很感激，但大多数女人只是接过食物，说声“谢谢”，然后驱车离开。我也理解她们。

那天我们离开时，我看到莎琳车子的保险杠上贴着支持美国现任总统[2]的贴纸。我觉得这有趣极了，

---

1 关于奥丽芙的人生故事，详见作者的长篇小说《奥丽芙·基特里奇》。

2 当时的总统是特朗普。

说实在的，这勾起了我的兴趣。

当我向威廉讲起莎琳，提到保险杠上的那张贴纸时，他说“哈”，仿佛真的在思考这件事。“我们觉得支持他的人不会在食品分发处工作，但他们当然会——而且就在这样做。”他看着我，“老天，我是个多么狭隘的人啊。”

我说：“是啊，一点儿不错。”我又说：“我想我们不明白。我的意思是，我们显然不明白——他们的想法。”

他说：“我明白。”

我很惊讶。“告诉我。”我说。

威廉跷起一条腿，说：“他们很愤懑。他们的生活很艰难。看看你姐姐，薇姬，她正做着一份危险的工作，因为她别无选择。但她还是没法熬出头。”然后他说：“露西，有人身处困境，而不在困境中的人就是无法明白这种感受。你看我之前就无法明白——竟然对这个叫莎琳的女人竟然在食品分发处工作而感到惊讶。而我们还让那些正处在困境中的人感觉自己很蠢。这不好。”

5

与之类似，我觉得这件事很重要：

我要和你讲讲夏天的一个晚上，威廉和我吃完晚饭后开车兜风——外面的天还是亮的——我们把车停在了路边一个卖冰激凌的地方。那是个蓝色的小棚屋，周围有大片草坪，草坪中间立着一棵树。我们刚到那里时，一些人随意地聚在草坪上——人数并不多，我们下车排队，与站在我们前面的女人保持着安全距离，她没有戴口罩。卖冰激凌的女人年纪不轻了，她虽然戴着口罩，却把口罩戴在了鼻子下面，我心想，不知道威廉会不会说我们不该买她这儿的冰激凌，但他没说话，而我想说的是这件事——

一个留着白胡子的老头坐在树下的凳子上，弹着吉他唱歌。旁边有一个刚买完冰激凌的男人，连我都能一眼看出来他不是当地人，或许是从纽约来的，他坐进了一辆看上去价格不菲、底盘很低的车，我没看见牌照。这个男人穿着暗粉色的短裤，带领的蓝色衬衫塞在裤腰里，赤脚穿一双乐福鞋，我听到身后有人议论他。“该死的外地人。”我转过身，说话的是几个没戴口罩的男人，他们的样子令我有些害怕。然后，排在我前面的那个女人（没戴口罩的那位）看到了另一个女人从自己的车上下来，她俩拥抱在一起，说着："嗨！"

我想说的是，一时之间，我几乎有一种看到了幻象般的感觉：这个国家存在着根深蒂固的不安定因素，内战的窸窣声响好像一阵我无法具体感知却有所察觉的微风，在我周围游动。我们买完冰激凌离开，我告诉威廉我的感受，他说："我明白。"

它挥之不去，我在那天晚上的感受。

*

一天，我们在玩具箱里找到了两辆消防车，它们被埋在一些破布下面，模样有点不可思议。我是说，它们各有一英尺长，金属质地，装有橡胶轮胎；它们看上去很有年头，但因为制作十分精良，所以看起来完好无损，其中一辆消防车的尾部有架金属梯子，仍能正常使用。"瞧瞧这些。"威廉说。他有些被镇住了，而我不怪他；它们似乎来自一个认真对待玩具的时代。他将它们擦拭干净，放在前廊的窗台上——这两辆来自遥远往昔的老式玩具消防车。

四

1

一天晚上，在我们吃晚饭时，我说：“威廉，你那座塔怎么样了？”我用的是半开玩笑的语气，但他很认真地回答了我。

“如你所说，‘我那座’用来观防德军潜水艇的塔，”他抬起一边的眉毛看向我，“每天都在提醒着我这个世界曾经历过什么，又会如何重蹈覆辙。”我等待着，他继续说下去：“这个国家陷入了如此之大的麻烦，露西。整个世界都是这样。这就像——”威廉放下餐叉，“这就像某种急病在全世界发作，我是说，我觉得我们将要面临真正的麻烦。我们就是在彼此摧毁。我不知道我们的民主机制还能运作多久。”

我慢慢明白了，威廉和那座塔的关系，就是他和我们如今这个世界的关系。他将历史点滴串联起来，而这些历史，在我自己的认知中只是模糊的存在。

他再次拿起叉子，我们沉默地吃着晚饭。透过前廊上的纱窗，大海在我们眼前一望无际，持续地传来柔和而饱满的涛声，岛屿在我们的正前方，现在岛上有了更多的绿色，海水持续不断地拍打着岩石。

2

鲍勃说天气太热，他没法和我散步了，但他仍然会过来，我们坐在草坪椅上，有时玛格丽特也和他一道前来。如果她不在，鲍勃会抽支烟，这似乎能给他极大的快乐。“谢谢你，露西。”每次他都会这么说，朝我眨眨眼，口罩挂在下巴下面，好方便抽烟。和鲍勃在一起，我总是感觉很好。甚至在我想不起自己要说什么时，他也只会耸耸肩，告诉我“别担心”。我告诉他威廉说这个国家——这个世界陷入了麻烦，鲍勃说：“他也许是对的。”

*

和威廉在一起时则是这样：他有时候显得那么遥远，我想起来了，他过去也是这样的。但如我先前所说，我越来越感到安慰，根源在于他对我而言再次变得熟悉起来。不过，我没法真的安下心来。没多久就会感到不安，尽管能重新听音乐让我好受了很多，有时候我会躺在沙发上，用手机听古典音乐。

但让我害怕的是，我没法真正具体地回忆起大卫——听音乐时除外。他不断从我的头脑中滑走、变模糊，就像怎么也抓不住似的。我理解不了这件事。

3

女儿们给我打电话的次数比印象中少多了。我感到她们正在离我而去，我知道我的感觉没有错。我不明白为什么。有时这会带给我一种可怕而隐秘的痛苦。我和威廉说起这些时，他会耸耸肩说："露西，随她们去吧。"

我记得这件事：我最后一次见到母亲，前去芝加哥她弥留之际所在的那家医院时，我和女儿们通了好几次电话，她们当时在上高中，我很担心她们，我母亲说（我那天晚上待在医院里，直到次日早晨，而其间她几乎没和我说过一句话）：

“你和那两个女孩关系太紧密了。小心，她们会从背后捅你一刀的。”

她和我说了这样的话。我的母亲。

第二天早上她平静地让我离开。我离开了。

但现在回想起来，这件事吓到了我。我想：我母亲是看到了幻象吗？接着我想，不，她只是嫉妒我那么爱女儿。不过她也有可能真的看到了幻象，我不是自己以为的那种母亲。

我如何能知道呢？

我想有些人知道，但我永远不会。

*

但我想念她们。天哪，我真想念女儿们。我问威廉我们什么时候能再开去康涅狄格，和她们见面，我说埃丝特尔和布里奇特可以从拉奇蒙特出发，一道在那里会合，他说也许之后找一天吧，但不是现在。于是我没再多说。

我记得我们站在车道上，然后围着游泳池坐下，当时气氛很尴尬。随着日子一天天过去，想到要再次和女儿们在这种氛围下见面，这几乎就和根本见不到她们一样糟糕。

不过我也在想，为什么她们不提议过来见我们呢？两个女儿和迈克尔都得过新冠了，他们当然可以开车过来，在安全距离下和我们见面。当我和别人说起我有多么想念女儿时，对方有时会问，为什么她们不能过来看你呢？我没有勇气说：因为很明显她们不想。我也不会叫她们过来，我只知道我不是这样的母亲。

4

威廉找到了一项新使命。

洛伊丝的侄子——她弟弟戴夫的儿子乔，如今与父亲一起经营着特拉斯克马铃薯农场。农场深受寄生虫所扰。威廉对此很上心。他告诉我他第一次给洛伊丝的侄子打电话时，乔称呼他为“格哈特博士”。乔和威廉详细地讨论了缅因州大学，这所位于普雷斯科艾尔的大学设有一个致力于消除此类虫患的项目。威廉花了很多时间和乔通电话——威廉说他听上去像个“很不错的家伙”，同时也花了很多时间和其他寄生虫学家通电话，近些年来威廉和他们共事过，对于这些特定种类的寄生虫，他们比威廉了解得更多。威廉自己也做了研究。晚饭时他会向我讲起这些寄生虫，以及他采取了什么措施来解决虫患；他会讲个没完没了，说实话，这常常让我感到厌倦。但我很高兴看他对某事如此投入。我觉得他看起来更年轻了。

我每天都觉得自己很老。

我母亲——我真正的母亲，不是我想象出来的那个亲切的母亲——曾说："人人都需要觉得自己很重要。"听着威廉继续谈论马铃薯寄生虫，我想到了这句话。

*

有一天晚上，鲍勃和玛格丽特邀请我们和另外几对夫妻参加一个小型聚会，在海岸上有一个提供外卖食品的地方。于是我们去了那里，聚会很不错。在我看来，他们的朋友们都非常友善，我们——我——度过了一段相当愉快的时光。但这不是重点。

重点是，我们开车回去时，经过了镇子上我从没去过的一个区域。房屋群落断断续续地出现在小镇的外围，房前长着树木，房子或蓝或灰或白，我们从旁经过的时候，全都显得静悄悄的——这是个很小的镇子——当我们经过这些房子时，一个念头突然向我袭来，带着一种可怕的力量：它们和我童年时坐车路过的那些房子没有什么不同。那时候，我有时会去汉斯顿、卡莱尔或伊利诺伊的邻近城镇——记忆中是和我父亲一起，路上我们就会经过这样的房子，我记得有一次我看到一对年轻男女站在一栋房子前，两人都打扮得很漂亮，他们的父母在前面给他们拍照，我问父亲，这是一场婚礼吗？他说不是，这是高中毕业舞会，然后又补充道：“全是些蠢玩意儿，纯属瞎搞。”他是这样说的。而那一天，当威廉和我度过了一个十分愉快的夜晚，开车回家时，我的内心崩溃了，我体会到了那古早的、旧日的孤寂，因为在这些房子里人们过着日常的生活、做着正常的事情，这是童年的我看到的，也是现在的我看到的。我对威廉说：“我的整个童年就是一场隔离封锁。我从来不见任何人，不去任何地方。”这话道出的实情直击我内心最深处，但威廉只是看向我说：“我知道，露西。”他的回答是下意识的，他并没有去思考我说的话，我是这样认为的。

那天晚上我非常难过：我领悟到——正如我在人生中许多个不同时刻所领悟到的，童年时与外界隔绝所带来的恐惧和孤独将永远伴随着我。

我的童年是一场隔离封锁。

5

然后，当天夜里，我经历了一次糟糕的恐慌症发作。

在我试图入睡之际，那感觉突然来袭——我那间小小的卧室很暖和，透过天窗能听到大海的声音，当时天窗和窗户都是打开的，但我并没有听见涛声，因为我很惊慌。恐慌从我开始想象自己纽约的公寓之时开始蔓延，其间我有种感觉：我再也不想见到它了。我可以清晰地想象它的空寂；大卫再也不会从那扇门进来，无论何时回到那里，我都只能独自走进公寓。这个念头让我难以忍受。

想起公寓时，我记起从前大卫几乎永远都会待在那里。因为髋关节不灵便，他不会出门花很长时间散步，或是像其他男人可能会做的那样，去健身房锻炼。除了参加排练或是晚上随爱乐乐团演出，他永远待在家里，我现在想到这件事——这间公寓，对我没有吸引力了。

我想到大卫放在卧室一角琴盒里的大提琴，这让我心烦意乱。脑海中那把大提琴的模样几乎令人讨厌。

这吓到我了。想到纽约那间等候我归来的公寓不再让我感受到任何真正的联系，我吓呆了——整个疫情期间我从没有这样恐慌过。我起床下楼，走到前廊，然后走到草坪上，那天几乎是满月，我看着脚下的海水，大海正在涨潮，海水慢悠悠地拍打着我脚下的岩石。

妈妈，帮帮我，我好害怕！我对心里幻想出来的母亲说，但她的回答（“我知道，露西，我很抱歉。”）是那么无力。老天啊！我人生中的一切都是幻想出来的！除了女儿们，也许就连她们也是我幻想出来的，我是说，她们对我以及对彼此的那种亲切和善，我怎么知道这不是幻想？

我转过身去，但视野一片模糊，只能看到我们那座悬崖上的房子，在我眼中它几乎是倾斜的，因为我是如此害怕。我坐在草地上对自己说，露西，快停下！但我没法停下，我不停地揪扯着草叶，手在颤抖。

哦，请帮帮我吧，我想，拜托了——但真正恐慌的时候，你是得不到回应的，我知道这一点。

我哭了，但没有哭很久，我不能总是哭泣。

我站起身走回屋里，几乎是跌跌撞撞的，我能听见威廉从楼上的卧室里走出来，于是我飞快地上了楼梯："威利，天哪。"

他正要走回自己的卧室，看着我说："哦，露西，你看上去真漂亮。"

他竟说了这话！

我说："你疯了吗？我看上去就像嫌犯照片里的老太太！"

他说："不，你看上去很漂亮，你披着头发，穿着你的小睡袍，但是露西，你太瘦了。"

然后他似乎是注意到了我的悲伤，说："露西，怎么了？"

我走进他的卧室，开始哭泣。真正地痛哭起来。我说："威廉，我好想家！"

他的态度变得温柔起来。但我说："不，你不明白，我没家可回！"

他说："你当然有家，露西，你有你的公寓——"

我说："不，不！你不明白！我是住在那里，我也爱大卫，但那里从来不是家。威廉，为什么它不是家？"接着我说："我一生中唯一真正拥有过的家，是和你在一起的那个家，还有女儿们。"我哭个不停。他朝我张开双臂，让我和他一起坐在床上。"到这儿来，芭嘟，"他说，"坐在我腿上。"他说，我照做了。

他紧紧地抱着我。我已经忘记了威廉的双臂是多么有力。他许多年没有抱过我了。我说："抱紧我，威利，再紧一点。"

他说："再紧一点我就要穿过你了。"就像年轻的时候一样，他引用了格劳乔·马克斯的台词。

他抱了我很久，轻轻地来回摇晃着我。他的体贴让我哭得更凶了，我终于把眼泪都哭干了。

威廉说："好啦，露西。"他把几缕稀疏的头发从我脸上拨开，"我有几条建议。"

"什么？"我问，用手背抹着鼻子。

"我觉得你应该离开那间公寓。"

"我不能！"我多多少少是喊出来的。

但威廉仍然很平静，他说："我只是建议你考虑一下，好吗？你不必做任何不想做的事情。只是考虑一下。你在听我说吗？"

我点点头。

"好的，"他再次伸手把我的头发别在耳后，用一种非常温柔而亲密的神情看着我，"哦，芭嘟，你不必这么担心的。"

"为什么？"我问。

"因为你有我。"他把手放在我脑后，轻轻地把我搂向他。

在那之后，我立刻重新穿上了睡袍；我觉得自己像个害羞的新娘。

威廉对我说："那么就这样了，对吗？"

我说："你是说直到我们死亡？"

他微微露出笑意，我们并排躺在他的床上，他伸手用指尖碰碰我的鼻子，说："不，傻瓜，我是说直到永永远远。"

那天之后，我们每晚都睡在同一张床上，除非有时候他打起鼾来，我会回到自己的床上，但当他醒来、感到焦虑时——我能在睡梦中感知到这一点——我会回去躺在他身边。

事情就是这样。

我要说下面这件事，然后就不再多说了：

许多许多年前，我认识一个女人，她和一个男人有过六年的婚外情，而他没有性能力。我问她——当时我和她很熟——和一个性无能的男人有六年婚外情是什么感觉？他曾做过肾脏手术，我想，是那次手术导致他成了这样。这个女人对我说——她是个温柔的人——她微微一笑，轻声对我说："露西，你不会相信，这并没有带来什么不同。"

我想：她说得完全正确。她错了，同时却又完全正确。

*

但那夜之后的第一天早晨，我醒来时威廉不见了！原来他是像往常一样出门散步了，而他把我一个人留在床上、留在房子里，这件事让我害怕。

"怎么了？"他进门时问我。

“你去哪儿了？”我说。

“去散步了。天哪，露西。”

所以事情也会这样。他依旧是威廉，我也依旧是我。

但我们从此也真的很幸福。确实如此。

*

一天早上我问威廉：“我们要不要告诉女儿们？”

他说：“你是指我们的事？”

“对。”

威廉在沙发上坐下，斜视着窗外。“我不觉得有什么不行。”他犹豫了一下，然后说：“但我感觉这是很私人的事。”

“我正是这么想的。”我走过去坐在他旁边。

他把手放在我的手上：“我们可以之后再告诉她们。”

他扫了我一眼。“我们拥有余生的所有时间来告诉她们。”

“我明白。”我说。

6

然后大卫出现在了我的梦里。他看上去病恹恹的，脸色灰白，瘦骨嶙峋，双眼凹陷，眼圈发黑。他一把抓住我，想要把我向下拉进一个大垃圾桶一样的东西里，他就站在那个深陷于地下的大桶之中；我是说我们实实在在地扭打着。“不，大卫，”我说，“我不会进去的！”我没有进去，他消失在了那个深陷于地下的巨大的垃圾桶中。他很生气我没有和他一起去。

早上我把这个梦讲给威廉听，我说：“这是个噩梦，那并不是真的大卫。”

然而我并不确定——一点儿也不确定，那并不是真的大卫。

威廉什么也没说。

*

某天夜里我记起了一件事：许多年前，女儿们还小时，威廉和我住在纽约的公寓里，我看到他的鞋子放在床边。我当时是去卧室将他的一件衬衫挂进衣橱，他的鞋就在那儿，不是上班时穿的鞋，而是一双便鞋，就像是休闲船鞋——我想它是叫这个名字——一双绕着皮绳的皮鞋。我记起来的是这一幕：这双鞋让我反感，我反感于它们的形状是如此明显地贴合我丈夫的脚形，右脚的那只微微歪向一边。它们叫我反感，我丈夫的鞋子叫我反感。

哦，这个可怜的男人！

接着我想：他是否对我的哪样东西有过类似的反感？他一定有过。

这段日子里他的鞋并不令我反感。我总是很高兴在前廊里看见它们。

*

有一天我又见到了莎琳·比伯。当时她正走在镇中央的公园里，我走过去说："莎琳，嗨！"

她说："嗨，露西。"

于是我们聊了几分钟，她还在食品分发处工作，同时也还在枫树公寓做清洁工，几分钟后我们各自坐在了公园中一张长椅的两端。我们都戴着口罩，尽管莎琳的口罩戴在了鼻子下面，我问她这个夏天过得怎么样，她直视着前方说："呃——"

"嘿，不如和我一起散步？"我说。

我们就这样说好了星期五在河边散步，那天她不用上班。

星期五我到达停车场时，莎琳已经在那里了，我们走了一小会儿后，她说："我们在那张长凳上坐坐好吗？我一整天都站着打扫，想坐一会儿。"

"哦，当然好了！"我说，我们在一张花岗岩长凳上坐下来；我们的距离不到六英尺，但她的口罩遮住了鼻子。我们坐在那儿的时候，她向我讲起了枫树公寓，再一次提到了埃塞尔·麦克佛森，被她偷了一只鞋的那个女人，说到这女人去世时她有多内疚。

我说我明白。

我告诉莎琳，我觉得自己的心智在衰退，她

问："哪方面？"我说，唔，我记不住事情，经常感到困惑。

莎琳稍稍把头歪向我，似乎在很认真地听我说话，然后她点点头："我也有这种感觉。"

"你也有？"

"是啊，我有。因为我独居又没法经常和谁见面，这让我更担心了。"

我们于是聊起了神智衰退的事，然后她和我讲起了奥丽芙·基特里奇，她在枫树公寓为这个女人打扫卫生。"我真的为她难过，"莎琳说，"她有一个朋友伊莎贝尔，但伊莎贝尔不得不到桥那边去，奥丽芙现在看上去很消沉。"

"你说'到桥那边去'是什么意思？"我问。莎琳解释说，那是独立于枫树公寓的、更高一级的照护场所，更像是一家疗养院，你必须真的走过一座小桥才能到达，因此搬去那里被称为"到桥那边去"。

"为什么伊莎贝尔不得不到桥那边去？"我问。

莎琳说那是因为伊莎贝尔摔断了腿，康复后无法独自生活。"真叫人难过。"莎琳说。

我们默默无言地坐了一小会儿，莎琳说："但奥丽芙每天都去看她。他们说奥丽芙每天都会去她的房间，把报纸从头到尾读给她听。”

“天哪。”我说。

莎琳说：“我知道。”

我们约好在下个和下下个星期五见面。

7

大约过了一周——你怎么可能在疫情期间记清楚时间呢——总之是在这之后的某一天，我下午散步回来，看到威廉正躺在沙发上，对我说：“露西，我头晕。我已经在这儿躺了一个小时等你回来，我晕得厉害。”

“你怎么不给我打电话呢？”我说，坐在他脚边的沙发上。

“我不知道，”他又说了一遍，“但我晕得厉害。”

“喝点水。”我说，不过我看到他旁边有一杯水，他拿起玻璃杯一饮而尽，我吓坏了。我给鲍勃打了电话，鲍勃说他会打给他的医生，没事的，他和医生是朋友。

不到五分钟，鲍勃打了过来，医生让威廉喝一升水，十分钟后他会给威廉打电话。于是我让威廉又喝了四杯水。慢慢地，他不晕了，但我就像是被卡在了一块木头里，我只能这么形容。我坐下来，我们等待着。威廉终于坐直了身子。他看上去很苍老。但他没有看着我，只是不住地环视着房间。我们继续等待着，威廉说他眩晕的感觉轻多了，但接着又躺了下来，睡着了。在等待的这段时间里，我无法思考、感受，或做任何事情。一个小时后，威廉的手机响了，是鲍勃的医生，他和威廉聊了一会儿后说这是脱水，外面天气很热，必须多加注意。

情况就是这样。我做了炒蛋当晚餐，威廉看上去很高兴。但我不高兴。

那天晚上余下的时间，我的感觉很糟糕。

但那晚我们上床后，待威廉睡着，我突然记起了一件事：我很小的时候，学校给我们放了一部电影。我完全想不起电影讲的是什么了，但我记得老师试图让放映机运转起来时，她那种焦虑的情绪。放映机运转正常。下面是我所能记起的全部：

电影的画面最初是一片蓝色，上面有许多白色的乒乓球跳动着，它们会不时撞在一起，然后互相弹开。这情形持续下去，乒乓球随意跳动着，并随机碰撞在一起。我记得自己想——即使当时我才那么小：这就像人与人之间。

我想说的是，如果我们幸运，就会与他人相撞，但是我们总会再次弹开，至少是互相弹开一点点。

那晚我想到了这件事，我的乒乓球和威廉的撞在了一起，却总是会互相弹开——哪怕是现在也弹开了一点点，我想到了大卫，如今他的乒乓球已经真的从我身边跳开了，我想到了鲍勃·伯吉斯此刻在玛格丽特身边的情形，她不知道他需要偶尔抽支烟，而他独自面对着这种需求，除非他的乒乓球与我的短暂相撞，我知道他需要抽支烟。在他为我们找医生时，我们的乒乓球相撞了，还有我们待在一起的时候。

我想到了独居的莎琳·比伯，她害怕自己会失智，我的乒乓球只是暂时碰到了她的。

那时，我体会到了“年老”的感觉，而威廉甚至比我年纪更大。想到我们的时间所剩无几，我产生了一种切实的恐惧，害怕威廉会死在我前面，我会彻底迷失。

半夜威廉打鼾时突然哼了一声，醒过来了，他说："露西？"我说："怎么了？"他说："你在吗？"我说："我就在这儿。"他立刻又睡着了，我能从他的呼吸声感觉到。

但我没有再睡着。我一直醒着，心想：我们都与自己十分重视的人——还有地方和事物——一起生活，但最后，我们无足轻重。

*

几周之后我发现威廉不喜欢看我用牙线清理牙齿。他没有明说，但我慢慢地意识到，每天晚上——或者是许多个晚上，我们在客厅里说话时，我会用牙线清理牙齿，而他脸上就会流露出一种神色，我是说他甚至会停下正在做的事。我突然问："威廉，你是不是讨厌看我用牙线？"

他说："有点儿。"

"你怎么没告诉我？"我问。

他只是耸耸肩。

我感到非常尴尬。其中一部分原因是想起我们还是年轻夫妻时，我不喜欢看到他的鞋子。

*

在这段时间里，玛格丽特、鲍勃、威廉和我有一天去了码头吃晚餐。餐厅不允许堂食，只开放了前廊中的一个区域，但这里仍然很有人气，有许多顾客是从纽约、康涅狄格州和马萨诸塞州过来的，这可以从他们的车牌上看出来，不过我光是观察他们的样子也分辨得出：他们的穿着与当地人不同。整个夏天我都很惊讶，人们竟会在疫情中不断跑来缅因州，尽管我自己也做了同样的事。

但我想要讲的是下面这件事：

餐厅附近放了野餐桌，我们四个就坐在那里。威廉去餐厅前门拿了我们先前在手机上下单的食物，之前那天晚上我们和凯瑟琳·卡斯基也是坐在这儿，只不过今晚我们离餐厅的前廊区域更近，我看见了这一幕：

有一个穿着十分讲究的女人，我是说她穿着黑色牛仔裤、蓝衬衫，头发打理得很精致，一头金发毫不俗气刺眼——她大概最多不过50岁，和一个男人坐在一起，我看不清他，不过他俩看上去是一对儿——这对男女坐在那里，我看着他们，他们用餐时全程没有说一句话。女人有一张相当漂亮的面孔，却神情悲伤，在我的注视之下，她喝了四杯白葡萄酒，一杯接着一杯。酒是装在塑料杯里的，我想是因为疫情的缘故。女人坐在那里，我看着她喝下四杯白葡萄酒，她丈夫（或者无论他是谁）始终没对她说一句话，而她也是一样。

我终于也见过了足够多的世面，能看出来他俩很富有，或者明显要比镇上的居民富有得多，但他们却跑来了这里。我只是想告诉你，我明白了一个道理——我之前当然也是明白的：碰上了某些事情，有钱也是无济于事。

你可能会说：唔，可她是个酒鬼啊。即便她真是个酒鬼，我对她也有着不一样的看法。

我觉得自己看到了一丝我不该看到的、隐秘的惊恐，因此我没有和任何人说起这件事，没有对威廉说，甚至没有对鲍勃说。但我永远也忘不了那个女人的脸。她的悲伤。她的痛苦。她的恐惧。那些留在我们记忆中的事情很怪，哪怕我们觉得自己的记性已经不行了。

五

1

“我为我的生活挂孝。”几周后的一天，当我们吃完早饭坐在沙发上，看着夏日的落雨时，威廉满不在乎地对我说。

“这是契诃夫的话。”我说，“你是从哪儿知道的？真想不到你知道这句话，这是《海鸥》里的台词。”

他耸耸肩：“埃丝特尔那些没完没了的试镜。”然后他又说了一次：“我为我的生活挂孝。”

我花了一点时间才反应过来。我们正坐在沙发上，面朝大海，看着外面滂沱的大雨。“你真这么觉得？”我问，扭头看向他。

“我当然这么觉得。”他的头发变得茂密了许多，胡子也重新长出来了——但并不完全是从前的样子，他脑后裸露着星星点点的头皮——他看上去既熟悉，又像是一个比我印象中的威廉苍老许多的人。我想他一定是因为前列腺的病症才有此感触，但我对他说："和我讲讲。"

"哦，露西，得了吧。我坐在这儿回想我的人生，我想：我这一生是个怎样的人？我是个白痴。"

"怎么说呢？"我问他。

意想不到的是，他首先说起了自己的工作。"我教了一个又一个的学生，可我对科学事业做出过什么真正的贡献吗？没有。"

我张开嘴想要说话，但他伸手拦住了我。

"而在个人层面上，看看我又是过了怎样的一生？"

我想他一定是要说自己的婚外情了，但他没有。他指向窗外："看看那座塔，露西。我父亲的父亲——我们许多年前去德国时见到的那个讨人厌的老头——我祖父从战争中赚了一笔钱。"他看向我，"他靠那些泊入这片海港的潜水艇牟利。他是个大实业家，只关心赚钱的事，也的确赚到了钱——在'二战'期间。他把钱都存在了瑞士。"他犹豫了很久，看着窗外。

然后他重新看向我："我拿到了那笔钱，露西。请别说我捐出了多少，我知道我捐出了一大笔钱，但没有人捐出的钱多到足以真正改变自己的生活。我就这样拿了这笔钱，如今钱仍然留在手里。"他移开目光，然后又看着我，"这让我觉得恶心透顶。"

我没说话。出于尊重，我保持了沉默。

威廉站起身，轻轻地说："甚至母亲都告诉我，我不应该拿这笔钱，但我还是拿了。"他走到窗边向外看，然后再次转身面对我说："你知道吗，我父亲——他在去世之前应该继承这笔钱，但他没有去拿。"

听到这件事我十分惊讶，我如是告诉他。

威廉叹了一口气，重新坐在沙发上，说："所以我母亲觉得我不应该去拿这笔钱：我父亲足够正派，没有这么做。许多年来我都在给自己找理由。这是我的钱，我告诉自己，我和那些继承了总裁老爸遗产的富家子弟没什么不同。可事情的确不同，我祖父是从战争中赚到这笔钱的，那场战争恐怖得叫人难以置信。我父亲不想拿这笔钱，我却拿了。”

威廉又站了起来，一边在屋里来回踱着步，一边说话。他说：“我祖父贪婪却很聪明，而现在这个国家所经历的事情，大部分也是由贪婪引起的。”他转过身面向我，“也许你会说，好啦，那就把钱全都捐出去吧，威廉，这有什么大不了的？可是如果我今天把钱都捐了出去（而我不会这么做），又能有什么分别呢？没有分别。钱是这个伤痕累累的世界所结出的恶果，世界或许还会再一次遭受重创，但这么多年来，我却只是拿着那笔钱坐在这儿。”他转过身，又坐在沙发上，用手胡乱捋着头发，这让他的头发翘得乱七八糟。

我等了好一会儿，看他是否还有话想说，看上去没有。最后我说：“嗯，你知道吗，威廉，我一直有个理论，人们失去某样东西后，会觉得世界对自己亏欠良多。”我给他举了几个例子：有些人在教堂里做了许多年的秘书，失去孩子后挪用教堂的资金；有些人发现自己的丈夫不久于人世，就跑到了商店偷窃……然后我说：“你在 14 岁时失去了父亲，威廉，因此我想，你觉得被亏欠了。”我补上了一句，“我是说，我想这是人之常情。”

威廉的声音不带一丝感情，回答说父亲去世时他14岁，而通过信托机构拿到那笔钱时，他已经35岁上下了，之前他从不知道这个机构的存在。我说：“这不重要。”

但我能看出他没有用心听我说话，他不会被说服。

正是这件事让威廉寝食难安，他从那个男人——那个两眼闪着精光的可恶祖父手中继承了财产，威廉对自己的憎恶之情因此与日俱增，而目睹如今的世界局势让这种憎恶进一步加深。我想，这一定让他觉得自己和祖父是同一类人，与没有拿钱的父亲截然不同。

现在，我的乒乓球似乎无法触碰到他的。我们独自承受着这些痛苦。

但威廉的神色随即舒展了许多，他对我说：“我的计划是这样的，我要把其中的一大笔钱捐给普雷斯克艾尔的缅因州大学，切实帮助他们建立一个研究马铃薯寄生虫的地方，因为问题不只在于寄生虫。”他继而告诉我气候变化让马铃薯的生长旺盛期更长，但这并非好事，更多的害虫因此出现，研究人员正在试图培育一种新型马铃薯。他向后靠去，点了点头。“而这就是我要做的事。”他说。

2

在一个温度宜人的八月下午，鲍勃·伯吉斯来了，我后来意识到威廉在等他。“他来了。”威廉说，或是说了差不多的话，出门到草坪上迎接他。当我走出房门时，鲍勃朝我使劲挥了挥手，对威廉说：“准备好了吗？”威廉说：“咱们动身吧。”

于是鲍勃回到车上，威廉为我打开我们那辆车的副驾驶舱门，我问：“你们要做什么？”而他只是说：“等着看吧。”

我们跟着鲍勃开到镇上。那天阳光灿烂，我们驶过小桥时，两侧的海水很美，看上去是绿色的，仿佛对我敞开友好的怀抱；白色的波浪仍然不停拍打着礁石。到达镇上后，我们跟着鲍勃的车开过主街，然后他驶入了一处商店附近的停车位——那里有一家书店（目前只提供图书自取服务）、一家已经停业的家具店，还有一家正在营业的茶室，售卖形形色色的商品。我们在鲍勃的车旁停下，然后在他的带领下，绕到了书店所在的那栋建筑后面——那里有座遍布坑洼的停车场，从那儿能看到消防站。鲍勃拿出钥匙打开了一扇门：如果不知道这里有扇门，你甚至压根就不会发现它，我是说，那只是一块普普通通、刷着淡绿色油漆的钢板。门后是一道陡峭的木质楼梯，我们跟在他身后，一个接一个地爬了上去。楼梯尽头的右手边是一扇门，鲍勃找出另一把钥匙，我们穿过那扇门，进入了一条非常狭小的走廊，右侧是又一扇门，鲍勃打开门锁，向后退了一步，朝敞开的门洞张开双手。

鲍勃说："送给你，露西。你自己的工作室。"

一开始我不明白发生了什么，在这个面积不小的房间里，有一张桌子、一把很大的软垫椅和一张沙发，还有两个书架，两张小桌子上放着台灯。"这是怎么回事？"我问。

威廉说："我们为你找了一间工作室，露西。"他的神色十分激动，是真的很兴奋。他说：“供你工作使用。”

两个男人站在那里，两张脸上都带着那种努力抑制的兴奋——

我不敢相信。

我从没有过工作室，一间专属于我的工作室。从没有过。

3

纽约的公寓越来越让我心烦意乱，每次它浮现在我脑海中，我都会想：不。我想到的就是这个。一天晚上——当时临近八月底，白天我去了工作室——回到家后，我又对威廉说起了我想到那栋公寓时的感觉，就像我在恐慌症发作的那晚所说的一样，我能感觉到他在专心听我说话。他问我租约何时到期。

我说：“九月底。”

他向前探身，胳膊支在膝盖上。“那就搬走吧，露西。”

我说："我不能搬走！"

他坐直身体："为什么？"

"因为我不能在疫情期间去纽约——我该怎么把东西搬出来呢？"

威廉将双臂放在椅子的扶手上，说："鲍勃会在镇上找几个人，去把你想要的东西搬出来。那只是一间很小的公寓，露西。考虑一下你想要什么，鲍勃会找几个人将它们送过来。这是目前的计划，我们可以之后再解决余下的问题。"

我消化着他的话，坐下来，什么也没说。

威廉补充道："现在正是时候，眼下纽约的情况还不算太糟，但气温下降后会出现新一波的感染高峰。所以我们现在就行动吧。"

"真的吗？"我问。

他只是朝我扬了扬眉毛。

于是九月中旬，在鲍勃的帮助下——他找到了三个年轻人，他们从没去过纽约，为能接下这份工作兴奋不已——我的行李被搬到了缅因州。我把厨房里的所有东西都留给了帮我打扫卫生的玛利：她在我的公寓里与我视频通话。我也把大多数的衣物都给了她，还有大多数的日用织品和毛巾。她的姨母相中了我的床，他们把床搬去了她姨母位于布朗克斯区的家中。公寓管理员——一个年轻的女人——对此相当通情达理，通常情况下，搬离公寓时需要有相关人员在场，搬运工们也需要填写一些保险单据，但管理员让玛利他们进公寓搬走了剩下的家什。就像我说的，她非常通融。我告诉玛利，我会付给她一年的薪水作为解雇金，她——或者说是她丈夫，那位门卫每周都会到公寓房间里帮我浇花；那棵绿植，以及大卫的那把大提琴，是公寓里我唯一真正在乎的东西。

看到那棵将近 2.4 米高的植物如此含羞带怯地矗立在我们的前廊上，我无法相信这一切。我无法相信我做了这件事。我把大卫的大提琴放在楼上那间空出来的卧室里，那间配有书架、树枝紧贴着窗户的卧室。

当我想起纽约的公寓时，我想：它已经不在了，就像所有的一切某一天都将不在。

4

从纽约送来了四个大纸箱，里面都是我的旧手稿和旧照片，威廉有一天帮我把它们搬去了工作室，我慢慢地翻看着箱子里的东西。很奇怪，有我上大学时的照片，和威廉以及其他朋友的合影，我看上去是那么年轻而快活！

我找到了一本日记，是我和威廉还在一起时写的——当时女儿们大概一个8岁、一个9岁，那天我决定找个人来家里打扫房间。来者是个年轻男子，他全身是汗，满脸焦急的神色，我在日记中写道，看着他用吸尘器清洁地面，从鼻尖上滴下汗水，我很为他感到难过。但接下来，这个年轻人去浴室待了好一阵子，他离开后我走进去，发现他在浴室里自慰了，我对此产生了强烈的反感。

若不是看到自己年轻时的笔迹，我已经记不起这件事了。我当然会被吓到，因为在我小时候，我父亲就频频做这种事。根据日记记录，我告诉威廉这件事时，他并不在意。我的意思是，他对此不屑一顾。

我给那个年轻人打电话，告诉他不必再来了。

翻看这些纸页是件很奇怪的事情。

我发现了这个：一张我母亲寄来的生日卡。我一看到它就记起来了，这是她寄给我的最后一张贺卡，就在她去世的前一年。封面上是美丽的蓝紫色花朵，打开卡片，内页印有文字：生日快乐。下面只有——

M.[1]

5

威廉和我继续开车兜风。我们觉得在别处过夜不太安全，但还是会开去形形色色的地方，然后返回家中。九月末，威廉和我开车去了一个叫迪克森的镇子；它距离我们有将近两小时的车程。小镇沿河而建，镇上有一座造纸厂，曾经雇用过几千名工

1 “母亲”（Mother）的缩写。

人，但早在许多年前，大部分厂区就已关闭了；如今只有 100 个工人仍然在此工作。威廉对老工厂很感兴趣；他查阅过这里的资料，告诉我在 19 世纪初创办这家工厂的人来自英国，他为工人们建造了很漂亮的房舍，被称为“布拉德福德区”。威廉打开网页，给我看了一张房舍的照片，那些房屋确实很可爱，建造在遍布整个镇子的小山上，是带有前廊的砖砌双户住宅。山顶上是一座巨大的教堂。照片拍摄于 20 世纪 50 年代。

而我们看到的景象可怕至极。

这里就像一座被遗弃的鬼城，但当威廉开向山坡上那些为工人建造的房舍时，我们看到几个人站在房子前面。房子看起来破败不堪，仿佛把整个内里都吐在了门前的草坪上。房前是坏掉的自行车、装在黑色大塑料袋里的垃圾、一副破损的窗框；有些房子的前廊里堆满了看上去像是垃圾的东西。

有些房子的前窗上覆盖着巨大的美国国旗，有的则是把国旗挂在前廊里。那少数几个站在屋外的人看着我们开车经过。

“老天啊。”威廉说。

我们回到镇中心，威廉下了车，去加油站的便利店里买两瓶水。我待在车里，看到一个警察坐在巡逻警车上，就停在我旁边；他没戴口罩，不停看着手机，时不时拿起一个大纸杯，用吸管喝着什么。

我非常仔细地观察着他。

我观察得非常仔细。

我好奇身为警察是一种怎样的感觉，尤其是在如今这样的时日？身为“你”是一种怎样的感觉？

我得说，正是这个问题让我成了作家：那种想要知道别人感受的深切欲望。而且我不禁对这个男人非常着迷，他大概 50 多岁，有一张正派的面孔和看上去强壮有力的手臂。以一种对作家来说并不罕见的方式，我多多少少体会到了置身于这副皮囊中的感觉。这听上去十分奇怪，几乎就像是我能感受到我的分子进入了他的身体，而他的分子进入了我的身体。

接着，三个年轻人从加油站的便利店中走出来，他们站在停车场中，打开薯片的包装袋，大笑着，却多少有点吓到了我；他们个个皮肤苍白，眼中流露着一种神色：他们在这世界上已经一无所有了。最小的那个大概13岁，看上去尤其悲伤；他的牙齿窄小稀疏，有些龅牙，看得出来，他想要在两个年纪较大的同伴面前好好表现一番，但他们不以为意。

威廉回到车上，我们又兜了一圈。我们看到了那座工厂，据威廉所说，当年这里生产的纸张被送往世界各地，被送往欧洲，甚至是南非。沿着河边行驶时，我看到了——透过树木——堤岸上几间老旧破败的小屋。

我们返回克罗斯比的途中，我说："你去便利店的时候，我在观察一个坐在巡逻警车上的警察。我要写一篇关于他的小说。"

威廉扫了我一眼。

"他的名字将会是阿姆斯·埃默里。他有个名叫莱格斯[1]的兄弟，住在隔壁镇子上，以售卖保险为生。他们会叫这两个名字，是因为他们小时候曾打过橄榄球，是运动明星。阿姆斯能飞快地扔出橄榄球，而莱格斯能像个疯子一样飞速跑过赛场。”

“嗯。”威廉说。

回到工作室后，我开始构思这篇小说。我喜欢阿姆斯。他是现任总统的支持者，这细节对我来说很真实。然后我意识到，他的兄弟莱格斯六年前在清理雨水槽时从梯子上摔了下来，从此对止疼药上了瘾。

我给玛格丽特打电话，她帮我联系到了一位向瘾君子提供咨询服务的社工，我与这位药物咨询师聊了很久，以便明确莱格斯的情况。然后玛格丽特让我打给一个曾做过警察的男人，他也给了我很大的帮助。他说：“警察们会互相关照。”

我构思着这篇故事，然后动笔写作。

---

1 “阿姆斯”（Arms）意为“手臂”，“莱格斯”（Legs）意为“腿”。

在那座工厂全面运转的时候，阿姆斯·埃默里的父亲曾在那里上班，他在制浆室干活。他们住在布拉德福德区一栋漂亮的房舍里，就是威廉和我见到的那些房舍。当时，房舍还很漂亮。父亲在两兄弟年幼时去世，母亲——阿姆斯认为她堪称一位圣人——带他们搬去了新家，她在医院找了份工作，告诉儿子们他们所做的事情会投报在父亲身上，因此阿姆斯至今仍然滴酒不沾。他最开心的时光是在高中的橄榄球场上度过的，他和弟弟是橄榄球明星。阿姆斯深爱着弟弟。

我坐在工作室的厚垫椅上，思考着这两个男人。我会偶尔描写一个场景，但大多数时候只是坐在那里，目光放空，单纯思考着他们。

我在加油站便利店外的停车场上见到的那个年纪最小的孩子，将被叫作斯普姆[1]·帕斯利。他被命名为斯普姆颇有玩笑意味——因为他是那么苍白瘦小，就好像他父母是裹着两条被单做爱造人的。但他从来

1 原文为“Sperm”，意味“精子”。

没琢磨过自己的名字。他的两个同伴中，年纪较大的那个叫吉米·瓦格，是镇上的毒贩。年纪较小的那个则是斯普姆的表哥。他们刚刚从便利店里偷走了薯片，我决定这样写。斯普姆年纪尚小，还会因此感到兴奋。

我这样写道："但阿姆斯最近有一种筋疲力尽的感觉，这让他没力气与妻子争辩——他已经讨厌她好几年了——这也让他没力气去思考大选的事情。不过他也有一种焦虑的感觉。他没觉得他的焦虑与疲惫之间有任何关联。他不是个爱琢磨的人。"

我写道：就在疫情之前，阿姆斯和其他警察开了一场有关警务改革的会议，看到同事们让他非常高兴。他备受敬仰，是个警司。他为他们规范了出警流程：不锁喉，不滥用武力。

我会把小说放在一边，坐在厚垫椅上沉思。但写作的时候——我已经好长时间没这么快乐了。我能够工作了。

6

一天吃晚饭时，我对威廉说起我哥哥，说起我有多为他的人生难过，威廉说："露西，我不想听。你以前和我说过这些，我不想再听一遍。"

"好吧。"我说。

早前我说过我哥哥在操场上被揍的事情，其实我当时还想起了另一件关于他的事。

它是这样的：

我年纪很小，哥哥大一些，可能是7岁。有一天我走进家门时，哥哥正躺在客厅的地板上，呜咽着。我看到有一排大头针扎在我哥哥的前臂上——我母亲靠缝纫和替人改制衣服为生。我不敢相信自己的眼睛。我母亲伏在他身上。我尖叫起来，而我始终记得的是，母亲抬头看我，脸上带着古怪的微笑："你也想来几根吗？"

我冲到了屋外。

我相信这段记忆是真实的，其中一个理由是，首先，它实在是太诡异了。

另一个原因是，我记得在这件事之后的某一天，我和母亲、哥哥一起去了当地医生的诊室；我哥哥需要打针，当他看到医生取出注射器时，他开始像一头动物一样疯跑，但来不及从医生面前逃掉；我记得最后他爬到了医生的办公桌下，哭了起来。我记得医生看着我母亲，而我母亲笑起来，说了句“你有什么办法”之类的话。

我和威廉刚结婚时，我对他讲过这件事，他什么也没说。然而在我去看心理医生后，那位可爱的女医生闻之轻轻点头，悄声说：“哦，露西。”我想要说的是，我觉得她是相信我的。

那天晚上威廉挥了一下手说：“都是老故事了。我不想听你哥哥的事情。再说了，”他说，“那对老夫妇会陪他去食品救济处之类的地方嘛。”

“他们去世了。”我说，“格普蒂尔夫妇几年前去世了，而现在疫情蔓延，我哥哥哪儿也去不了。”可威廉还是不想了解我哥哥的人生。

然而我哥哥的人生始终是无边的孤独，如今也依然如此。有时他会出现在我的思绪中，就像这天晚上一样。我记得许多年前母亲曾对我说——当时我哥哥皮特已经成年了，她说哥哥会在佩德森家的牲畜棚里过夜——那是离我家最近的牲畜棚——他与那些第二天早上会被送去屠宰的猪待在一起。

然后威廉说起了他的“侄子和外甥”——洛伊丝·布巴的孩子，还有戴夫和他其他兄弟们的孩子，说起他们有多出色，他滔滔不绝地讲述（我以前听过这些，频频听到）他们有多聪明，他们看书！那天晚上他在表示不想听我哥哥的事情后，对我说了这些，我想起来了：威廉不喜欢听任何负面的东西。

很多人都不喜欢。威廉并非个例。

*

十月中旬，叶子十分美丽。色彩好似不知怎么来迟了，因为这里已经很久没什么雨水了，人们觉得这或许可以解释树木为何如此羞怯，不肯生机盎然地改换颜色。但接着它们就变色了！接着它们就变色了。

下面是一个有关自然世界之美的秘密：

在我很小的时候，母亲告诉我——是我真正的母亲，不是我后来幻想的那个陪在我身边的亲切的母亲——有一天她告诉我，伟大的风景画家们都明白一个道理，大自然中的一切事物都从同一种颜色中生发。看着树叶变换色彩时，我想到了她的话。你可能会想：别说傻话了！有那么多鲜艳的红色、黄色和绿色啊！的确如此。然而，走在河边时——如今我沿河散步的次数更多了——以及走在这里狭窄的小路上时，我看到了她所说的景象。黄色、红色和绿色，不知怎么都源于同一种颜色，这很难用语言描述，但随着更多的树叶落下，这件事在我眼中越发明晰。万物似乎都源于某种棕色，并从中生发：路边巨大的石块是灰色和棕色的，那些变成红褐色的橡树叶，与被我形容为铜色的海草有着相似的颜色，还有海水，不论是深绿色、灰色还是棕色，也都是同一种类似的色调。

我也注意到，云会在下午飘来，略略展现出秋天时的形态，它们让世界显得安静柔和，好像它已经给自己盖好了被子，迎接夜晚。

我只是想说：自然界是多么了不起！

7

威廉又去了史德桥，和布里奇特及埃丝特尔见面。这次他回来时没有哭。他说布里奇特在拉奇蒙特交了两个朋友——一个隔壁邻居的女孩，还有那女孩的朋友，布里奇特看上去快活多了。“当然了，她是个那么好的孩子。”他说。可是埃丝特尔的男朋友甩了她！或者是她甩了他。“做好心理准备，”他看着我，带着悲伤的神色，“那家伙是同性恋。”

“他是同性恋？”我说，“而她并不知情？”

“大概不知情。”威廉坐在沙发上，两只手臂张开，摊放在沙发顶部。“他年纪比较大，我以前不知道这个。我猜他属于那一代人，那一代的男人不想成为同性恋。”

“哦，威廉，这真让人难过。”我说，补充道，“为他们所有人难过。”

“布里奇特没什么让人难过的。”

“埃丝特尔看起来还好吗？”

“看起来是这样。她告诉我这件事时，神色满不在乎。谁知道呢？她可是埃丝特尔，她会没事的。”

“是啊，好吧，不过——”我说。

“哦，我明白，我明白。”但他开始吹口哨，我很多年没听他吹过了。

*

“嘿，露西，你想把这里买下来吗？”威廉在第二天早上问我。宽敞的前廊里还装着纱窗，我们仍旧在那儿吃早餐，尽管体感寒冷。我想拆下纱窗，把那些树脂板重新装回去，但每次提及此事，威廉都会说：“还不到时候呢，露西。”

“把这里买下来？你在开玩笑。”我几乎要站起来了，但又重新坐好。我们刚刚吃完早餐。外面一直在下雨，海水疯狂地打着转。

“其实没有。鲍勃刚刚给我报了一个很好的价格。”

我坐在那里，看着这个男人，他曾与我有过一段婚姻、生下两个女儿，而在许多年后，我又和他睡在了同一张床上。最后我说：“你已经决定了？”

他笑了出来，握起我的手说：“不，露西。”然后他看着我说：“可能吧。”他耸耸肩，“或许吧。”

我说：“要是买下这栋房子，我们就会死在这里。”

威廉说：“这个嘛，我们总会死在某个地方的。”我说：“这话没错。”

他起身走回屋内，我跟在他身后。他走路时微微有些驼背；他不是个年轻人了，甚至不再是个中年人了。在沙发上坐下后，他拍拍自己的大腿说：“过来，露西，坐在我腿上。我喜欢你坐在我的大腿上。”

我坐在他腿上，他说：“现在听我说，我们需要在缅因州定居。未来将会有一种疫苗，也许会在今年年底出现，我们肯定不能回纽约去接种。我们要在这里接种疫苗。”

我移开身子，以便看着他的脸。“认真的吗？”

我说。

“认真的。”

我们静静地坐了很长一段时间，然后我说：“我们买下这栋房子吧。”

威廉说：“我已经买下了。”

*

就这样，我们成了缅因州的居民。我简直不敢相信，但事情确实发生了。这没有给威廉带来麻烦，他姐姐就住在这儿，还有外甥和侄子们，而且他已经有了新的工作。但当我打给会计，我亲爱的会计时——他已经离开了纽约市区，腾出了办公室，搬到了北部的乡下——他说，没错，他还是可以继续帮我处理税务，但是，“露西，如果你要这么做，必须真的想好了才行。你没法在明年搬回纽约，你必须大半年都待在缅因州。”我说好的。这件事让我有一种不真实的感觉。

我们去取了缅因州的车牌，我担心那个坐在柜台后的男人看到我来自纽约后会说些什么，但他什么也没说，给我拍了两张照片，因为他觉得第一张拍得不好。

8

之后不久的某天，我给埃丝特尔打电话。“哦，露西！”她说，“听到你的声音真好！”我告诉她我们在缅因州定居了，她说她觉得这可能是最好的选择。“但这很奇怪。”我对她说，她说：“哦，那是肯定的！”然后她说了和伴侣——她是用这个词称呼他的——分手的事情，我说我对此很遗憾，她说：“嗯，我知道他是双性恋，只是没想到他和我在一起后还不想戒掉男人。”我不知道该怎么回应，埃丝特尔说：“不过没事啦。”她发出了她那种咕噜噜的笑声，“哦，露西，你是不是有时会为这大千世界上的每一个人都感到难过啊？”我立刻明白了威廉为什么会爱上她。“我完全了解你的意思。”我说。我们接着聊天，她非常乐观。“拜拜！”我们挂断电话前，她说。

*

我仍然觉得头脑不对劲。我仍然会忘记已到嘴边的话。走进某个房间时，我仍然会想不起自己为什么要进来。这让我很担心，尽管鲍勃一直告诉我，他也有着相同的情况。

莎琳·比伯说她也是。我们仍旧隔周一起散步——或者说多数情况下，是一起坐在花岗岩长凳上，有一次她对我说："很高兴我们不聊政治。"我扭头看向她。"我们从来都不必聊政治啊。"我说。她说她知道。"我只是对此很感激。"她说。我说："当然了。"

河边的步道现在很漂亮，充斥着许许多多的橙色和黄色，那天地上有许多黄叶，因为前一天夜里刮了风，我们就像走在一块黄色的地毯上。太阳从空中滑落到地平线上。

我们坐在一张花岗岩长凳上，莎琳告诉我，她很高兴自己有一份在枫树公寓做清洁的工作。

她又和我说起了奥丽芙·基特里奇。"她是自由派，总是在谈论总统，她真的很讨厌他。但这没什么，因为她对我很好。好吧，不好，奥丽芙其实对谁都说不上好，但我看得出来，她喜欢我，而且她真的很孤独。有时候我只是坐在那儿，我们会聊很久。她喜欢鸟。她会说到她的第一任丈夫亨利，那是她最喜欢的话题，我也会聊起我的丈夫。"

"真好。"我说。

莎琳把手放在下巴上。

"是的。"她说。

我们分别时，她说："露西，要是你觉得我神智衰退了，可一定要告诉我。"

"好，"我说，"你也一样要告诉我。"

我们挥手道别。

那天我从河边开车回家时，有个念头浮现在脑中：莎琳散发着一种微弱的孤独的气味。可怕的事实是，这让我有一点点缩回到了自己的世界中。我知道，这是因为我一直很害怕自己会散发出那种气味。

*

威廉对消灭马铃薯寄生虫的事情十分兴奋。他花了大量的时间，和戴夫以及洛伊丝的其他家人打电话，也包括洛伊丝本人——他们计划赶在天气变得太冷之前，再在奥洛诺见一次面，戴夫会随她一同前往。威廉对气候变化问题越来越有兴趣，他想要帮他们研发出一个新品种，一种可以在潮湿和温热环境中存活的马铃薯。他把这一切讲给我听，讲给他认识不久的人听，我发现自己也开始有了兴趣。我想，当一个人真的为某事而兴奋，这种情绪是会传染的。

我第一次意识到这一点，是在许多年前。那时我很年轻，在曼哈顿那所社区大学里教书。我对自己读过的书是那样激情满满，以至于我能看到学生们注视着我，也对这些书有了兴趣——只因为我对这些最近读过的书满含热情。

9

临近十月底，预计某个周末从头到尾都会下雨，我注意到，但只是隐约注意到，威廉似乎总是在查看天气，他似乎很为那场将要来临的雨烦恼。我又一次问他，我们能不能给前廊重新装上树脂板——现在我们不在前廊吃饭了，那里太冷了，尽管有个加热器——威廉再次表示："很快就可以了"。

然而到了星期五，天还没有下雨，他说："走吧，露西，我们开车去弗里波特的 L.L.Bean 户外店吧。我们不用进去，开到那儿就好。"

于是我们出发了。我总是愿意出门的，无论去哪儿，因为太无所事事了。

我很惊讶有那么多人在商店门口进进出出。"咱们坐在这儿就好。"威廉说。店门口有几套铁条做成的桌椅，相隔很远，保持着安全距离，因为天色看上去像是随时要下雨，没有人坐在那儿。我们在其中一张桌子边坐下，它上方有片屋顶。威廉说："好极了。"他一直在查看手机。

"我们在这儿做什么？"我问，"我是说，我无所谓，只是有点意外，我们——"

然后——哦，老天——女儿们朝我们走来，她俩都疯狂地挥舞着手臂。“妈妈！”她们喊道，几乎是在尖叫，“妈妈！”人们都看向我。“爸爸！”她们喊着，朝我们走来，双臂在头顶挥舞，我不敢相信。

我不敢相信。

克丽茜和贝卡走到桌边——威廉和我已经站了起来——她们张开双臂，做出拥抱的姿势；即使戴着口罩，我也能看到她们迸发出来的幸福快乐。

我从没见过什么比这两个女孩更美。这两个女人。我的女儿们！

她们笑个不停——威廉瞥向我时，口罩下也是笑容满面。我说："威廉！这是你安排的？"

“我们都有份儿，”克丽茜说，“我们想给你个惊喜，所以就这么做了。”

她们在桌边坐下，威廉和我也坐了下来，我们开始说话，哦，我们不停地说啊说啊。她们从纽约飞到波士顿，然后租了一辆车，开来了这里。贝卡说："我们对自己的车技没那么自信，没有从康涅狄格州一路开过来。"我明白她的意思。两个女儿都是在城市中长大的，很迟才学会开车。她们预订了克罗斯比的旅店，威廉帮忙安排了一切。“我们必须现在过来，赶在病例数再次增加、疫情反弹之前，”克丽茜说，“于是我们就来了！”

“哦，天哪，”我不停说着，“哦，老天哪。”

然后我说：“贝卡，你怎么看上去这么高？”她说：“哦，一定是因为这双运动鞋，你还没见过呢。”她把脚伸向前，我看到那只红色运动鞋的鞋底很厚。

她是从网上买下这双鞋的。贝卡说：“妈妈，我一定要和你讲讲我网购的睡衣。它们来自很有信誉的厂家，而且是在美国制造的。”不过她告诉我，收到货时，那套睡衣看上去就像集中营里的难民穿的；睡衣上实打实地印着宽条纹，每次她穿上睡衣，或者哪怕只是将它摊在椅子上，都会情不自禁地想到它有多像集中营里的囚服，于是她给厂家写了信，告诉了对方这一点。厂家的态度好极了，甚至从官网上下架了这套睡衣，又寄给了她另一套睡衣，一套深蓝纯色的。

我们四个坐在这里：克丽茜和她父亲聊着，我对着贝卡诉说，然后我们大家一起说话。飞机上几乎没有人。她们在租车处预订了一辆卡车——这让克丽茜在椅子上笑得直不起腰——但取车的时候，她们决定改换一辆“真正的”汽车。她们用手指着汽车所在的方向，但距离太远看不见。

最后她们上了那辆车，跟在我们的车后面驶向克罗斯比，我们开到了镇上的一所旅店，她们登记入住。旅馆大堂又大又空，于是我们分坐在几个角落，继续聊天。其间始终戴着口罩。克丽茜说：“妈妈，这个镇子好可爱。”贝卡说：“真的是这样。”

然后我们一路领着她们开到了家，在前廊上吃了晚饭——这就是威廉拒绝把树脂板重新装上的原因，他知道女儿们要来——我们不停地说啊，说啊，说啊。她们喜欢这栋房子。听到她们是那么喜欢它，我十分惊讶。“妈妈，这儿太棒了，太与众不同了。”克丽茜说，探头朝屋内看去——但她不肯进屋，只是待在前廊上，那里开着窗户。“你们应该把墙壁涂成白色，哦，这是个绝妙的主意。”她说，转身面向我们，眼睛闪闪发光。

“没错，”贝卡说，“把所有的墙壁都涂成白色。还有壁炉架——所有的一切，都涂成白色。多好的地方啊，伙计们。”

“你父亲刚买下它。”我说。

"真的？"她俩异口同声地说，看向威廉。接着克丽茜说："哦，真开心啊！这里真可爱。"

我真的这样想：我真的认为这是我一生中最快乐的时刻。

然后克丽茜告诉我们，她和迈克尔从他父母手里买下了那栋康涅狄格州的房子——她和迈克尔不打算回纽约了。"没必要回去，"克丽茜说，"我们渐渐习惯了这个地方，于是把自己的公寓挂牌出售了。"

我很惊讶。"你怎么没告诉我们？"

她耸耸肩说："嗯，我刚刚告诉了你们啊。"

贝卡还住在他们的客房里，但她即将搬到纽黑文的一栋公寓里。她正在考虑重回学校。

"哪种学校？"威廉问，她说她还不确定。接着她说："好啦，好啦，是法学院。我着手准备，进展得很顺利，伙计们。我申请了耶鲁大学。"

"老天。"威廉说。

"我知道，"贝卡说，"咱们别谈这个了。"

星期天下午，当她们上车准备离开时，我对她们说：“你们爸爸和我复合了。”她俩都一脸目瞪口呆。“你们复合了？”她们几乎异口同声，在同一时间问道。威廉已经和她们道了别，正站在前廊上。“你们复合了？”克丽茜重复着，看到她们那么惊讶，我有些意外。克丽茜坐进驾驶舱，贝卡说：“妈妈，转过头去。”她拥抱了我，当然我们都戴着口罩。车子开下陡峭的车道时，威廉和我朝她们挥手告别。

我发现自己并不觉得悲伤。威廉说：“我们去兜个风吧。”于是我们出发了。我们慢慢地绕着沿河的小路行驶，我说：“她们留下了一道余晖。”他看着我说：“是啊，是这样。”

*

要是我能知道下次见到她们时的情形——好吧，我当时不知道。

不知道往后的人生中有什么在等着我们，这是一种恩赐。

六

1

到了十一月，大选开始了。我觉得没有必要把整件事记录下来。只能说，那是一段令我紧张的日子，对大多数国民来说也是如此。

*

感恩节大餐，威廉和我决定吃豆子和热狗。出于某些原因，我们觉得这是个很棒的主意。我们吃了装在一只罐头里的红芸豆，每人各吃了两只热狗，我还做了个苹果派，我感觉这天舒服极了。我清清楚楚地记得这一天。

*

哥哥之前告诉我，他要去薇姬家过感恩节；他每年都是如此。我对他说："可这不安全，皮特。她不戴口罩就去教会。"他叫我别担心，他会戴上口罩的，而且在场的只有孩子，她的孩子。"但这就是问题所在，"我说，"所有这些人。"然后我停了下来，因为我意识到，我哥哥日复一日地独自生活，感恩节对他来说意义非凡，原因就在于薇姬和她的家人。我们小时候会去公理会教堂吃免费的感恩节晚餐，就连我也记得，教堂里的人那天对我们很亲切。我明白为什么对于皮特来说，去薇姬那里很重要，于是我止住了话头。我们只是随便闲聊，仅此而已。

*

感恩节过去两周后，我姐姐感染了病毒。她最小的女儿莉拉打给我，在电话那头哭泣着，"她在医院，我们甚至不能去看她。他们给她戴上了呼吸机。"我听着，然后轻声和外甥女说话，但我没法安慰她。我问她，她母亲能否和我通电话，莉拉说“不能”，但第二天我收到了我姐姐发来的一条短信，上面写着：露西，不开玩笑，我觉得自己撑不过去了。

我立刻回复她：我爱你。

那晚迟些时候，她回道：我知道你觉得你爱我。

第二天她发给我：露西，你永远都觉得你比我好，我认为你这一生很自私。很抱歉，但我就是这么认为。我应该为你祈祷，但我太累了。

我觉得她好像朝我胸口开了一枪。这就是我对此事的感受。

我哥哥的声音在电话中听来很疲惫，而且含糊其词。我说：“她说我自私。”他没有回应。于是我问他：“你觉得我自私吗？”他说：“嗯，不啊，露西。”

薇姬并没有因此去世，我哥哥却在疫情中离世了。他从他家给我打电话，说他觉得冷——他的牙齿在打战——说他呼吸困难，我央求他去医院，但他说：“我会好的。”

“哦，求你去吧！”我说。过了一会儿他说：“好吧，明天再说。”

挂断电话前，他说：“嘿，露西。”

我说：“什么事，皮蒂[1]？”

他说：“我不希望你觉得自己自私。薇姬说话就是这样。”

“哦，皮蒂，谢谢你。”我说。

然后他小声说：“我爱你，露西。先挂了。”

我哥哥从没说过他爱我，我家从没有人这样说过。

第二天他没接我的电话，我差点打给了薇姬的丈夫，想请他过去看看，但转念想到，不，我要打给警察。于是我报警了，一个语气很严肃的男人说自己会开车过去，查看他的情况。我不停地说，谢谢，哦，谢谢。

半小时后警察打来电话告诉我，我哥哥，皮特·巴顿，被发现已经死亡。他死在了他的床上，许多年前我父亲也是在同一张床上去世。

---

1 皮特的爱称。

*

我的悲伤十分骇人。起初是因为我止不住地想，薇姬说我自私。令我痛苦的是这件事。我不停地喃喃自语：我只是想保命而已。我想到了哥哥，他一直是那么苍白，想到那些在操场上揍他的男孩，想到我母亲戳在他胳膊上的针。他从来没有过机会——我也不停念叨着这句话。

薇姬已经出院回家了，我和她通话时，她的语气很平静，我明白这是因为她觉得哥哥已在天堂。我想，姐姐这一生过得也是如此糟糕。她有孩子，甚至丈夫，但当我想到她时，脑海中只有她小时候的样子——她从来不笑，在学校里总是孤独一人。我还记得这样一幕：有一天她路过美术教室，孤零零的，看上去很害怕。那天，这幕情景深深烙印在了我心里；她看到了我，然后把目光移开——我们在学校里看到对方时从不说话。那天我差点就要不喜欢她了，我是说，我觉得她叫我反感，她的孤独，还有她那副惊恐的样子都叫我反感。整个童年时光中，我在自己身上也感觉到了这两种特点。

我记得我最后一次见到哥哥和薇姬的情景——那是几年之前，我在芝加哥宣传新书时去看了哥哥。我租了一辆车，开了两个小时，到达了童年时那座狭小糟糕的房子，他仍然住在里面。我待在那里时，薇姬来了，我们聊了起来——我们三个人——聊到我们的童年，特别是母亲。然后我的恐慌症严重发作了，我问薇姬能否开车把我送回芝加哥，并请皮特开着我租来的车跟在后面。他们照做了！我姐姐开车载上我，朝芝加哥市区开去，她为我做了这件事！

抵达芝加哥之前，我的恐慌消退了，得以从皮特手中换回那辆租来的车。我在四车道的高速公路边和他们道别。那是我最后一次见到我姐姐。还有我哥哥。

他们愿意为我做这些！

我非常清楚薇姬为什么说我自私。

那晚威廉坐在我对面，握着我的双手，看着我的眼睛，告诉我，我来自一个非常非常不幸的家庭，如果我留在那里，人生也会变得同样不幸。“但瞧瞧你做了什么，露西，”威廉说，“瞧瞧你用你的书帮助了多少人。”

我一直希望用我的书帮助他人。

但说实话，我不觉得它们帮到了别人。哪怕有人给我写信，说“你的书帮助了我”——尽管我总是很高兴收到这样的回复，我也从来无法真的相信这一点。我是说，褒奖似乎与我绝缘。

2

一天夜里，风暴大作，屋里停电了。我被冻醒，发现威廉已经醒了。“停电了。”他说，语气并无不悦。

我说：“我们该怎么办？”他说：“等着。”

“但我太冷了。”我说，他起身去空余的那两张床上拿了被子，但我仍然止不住地颤抖。

小时候，我夜里总是冷得睡不着觉。现在我想到了这件事——有些晚上，我因为太冷而呼唤母亲时，她给我拿来了一个热水瓶！我仍然记得瓶子的那股橡胶味，它是红色的，并不特别大，但非常温暖，我不知道该把它放到身上哪里，因为无论放在何处，它都会带来极大的舒适感，从而让我小小身体的其他部位备感失落，于是我会不时把它换个位置；停电的那一夜我想起了所有这些事。

第二天早上，鲍勃·伯吉斯给我们送来了三只手电筒。“在楼上常备一只，另外两只放在楼下，这样就能找到它们在哪里。”

那天早上，威廉开车送我到工作室后，去了L.L.Bean。下午他接我的时候很安静，但开车途中，他几次伸过手来，摸了摸我的手。我走进卧室时，看到有两条羽绒被，洁白如蓬松的雪，在床上显得是那么美丽。

晚上，威廉和我相拥而睡。

*

十二月，我察觉到自己情绪低落。一定和我哥哥的去世有关；问题的症结不再是薇姬说我自私，而是皮特的死亡这一简单、可怕的事实。这感觉就像我的整个童年死去了。你可能以为——我原本也这样以为，我希望自己的童年彻彻底底地死去，但事实并非如此。我希望哥哥活着，而他却孤身一人死在了那座小房子里。我想到他染病后不愿去医院，记起小时候他在医生的诊室里接种疫苗，当时他有多害怕。我止不住悲伤，这悲伤是如此深切，仿佛一种生理疾病。

现在天黑得那么早，一派萧瑟寒冷的景象，我没法像刚来缅因州时那样频繁地出门散步了。社交聚会也停止了，天气太冷了，而且新冠病毒已经传播到了缅因州，遍及全国，我们必须非常小心。大多数日子里，我会去那间小书店楼上的工作室，不夸张地说，要是没有它我可能会发疯。我现在仍游走在发疯的边缘。一切都显得那么难，就连打扫家中的两间浴室仿佛都超出了我的能力范围，虽然当我终于打扫完毕后，会发现自己感觉好受了些——仅限于那短短几分钟。与很多深陷低潮的人一样，一种羞耻感相伴而生。我不想告诉威廉，何况我又能和他说什么？除了熬下去，我什么也做不了。

但是我觉得他明白，他努力体贴着我。

我很感激身边有威廉，但悲伤是一件孤独的事情。

一天夜里，我清醒地躺在床上，想起了一件事：

父亲去世后，他多次出现在我梦里。他会查看我的情况，然后离开。但我最后一次梦到他的情形是这样的：他摇摇晃晃地开着他那辆红色雪佛兰卡车，看上去一脸病容，就像他死前的样子。我在梦中对他说："没事的，爸爸，我现在能开卡车了。"

哦，这段记忆让我心中同时充满了幸福和伤感。我爱过他，我饱受折磨、伤痕累累的可怜父亲。

我现在能开卡车了，我如是说。

但日子一天天过去，我觉得自己开不了卡车。我觉得自己只是在硬撑下去。

3

1月6日，我下午去小海湾散步归来后，看到电视开着，威廉说："露西，过来看看这个。"我没脱外套坐下来，看到人群入侵了华盛顿的国会大厦。我看着这段新闻，就好像当初看到疫情刚刚开始在纽约暴发，我是说，我不停地看着地板，有一种奇怪的感觉：我的思维——或者身体——正在试图离我而去。现在我所能记起的，就是看到一个男人一下又一下地砸着窗户，人们冲过警察的阻拦，互相推挤着闯进国会。看到人群爬上墙壁、四处跑动时，各种各样的色彩在我眼前旋转。

我和威廉说："我看不了这个。"然后上楼关上了卧室的门。

然后我记起了这件事：小时候，我们会在感恩节去镇上的公理会教堂，如我之前所说，我记得那天分发食物的人对我们很亲切。那里有个女人，名叫米尔德丽德，她很高、很老（在我看来），但对我非常好。我现在记起的是，我听到米尔德丽德和别人说，每次她开车经过丈夫多年前去世的地方，都会转头看向别处，因为忍受不了。

而我母亲——我真正的母亲，不是我许多年后幻想出来的那个亲切的母亲——刻薄地指责了米尔德丽德扭头不看丈夫去世之地的行为。我母亲说她这辈子从来没听过这么蠢的事。

但现在我想起了米尔德丽德。

我想起威廉给我看埃尔西·华特斯的讣告时，我几乎把电脑扔回了他手里。我想起自己看新闻时，会频繁低头看地板。我想起刚才看到国会大厦被人群打砸时，我离开了房间。

我想：米尔德丽德，我就和你一样。我也会移开目光。

我又想：我们只是在尽己所能地撑下去。

*

接下来的几个星期，威廉越来越专注于新闻。他说："露西，这里面有个纳粹。"他告诉我——因为我没有看新闻——有个男人穿着写有"奥斯威辛集中营"的运动衫。他告诉我现场有一面万字旗，还有些人的衣服上写着"6MWE"，意指六百万犹太人死不足惜。

我说："威廉，可是肯定有人能预见这种局面！我是说政府内部肯定有人知情，却放任不管。"

"他们会弄清楚的。"他只说了这句话。不知怎么这激怒了我：他除此之外再没有别的可说。

*

几天后我在半夜醒来，一段回忆涌上心头，这是一段很不愉快，因而早已被我忘记的回忆；就像把用过的面巾纸团塞进口袋深处，我已把这些糟糕的回忆清出了头脑。但这件事是这样的：

在这一切——我是说疫情——发生之前的那个秋天，作为新书宣传活动的一部分，我要去自己的母校上一堂课，那是芝加哥市外的一所大学。芝加哥是我巡回售书的其中一站，于是我答应了。但上课的前夜，我突然有一种很不好的感觉。我不知道为什么。那夜我几乎没睡着，因为心里的担忧越来越强烈。

一进教室，我就感觉到自己的忧虑成真了。学生们进来时都没有看我一眼，我很尴尬。我本该和他们讲讲我的回忆录，它写的是在贫穷中成长的经历。但学生们不看我，而因为他们不看我，我开始猜想自己在他们眼里的形象，并真的变成了那副样子：一个写自己贫寒出身的老女人。我感到一阵寒意——我是说心里一阵发凉，因为我觉得他们是这样看待我的。我问他们每个人的家乡在哪里，每个人都低声嘟囔出一个城镇的名字，每一次我都刚好知道那里很富裕。有个女生说她来自缅因州，她是唯一一个费神瞥了我一眼的人。我想：这不是我四十多年前上的大学。我想它不是。此刻我坐在这间教室中，在这些嘴巴紧闭的年轻人身上觉察出了一种富裕感，这在当初我念书时是不存在的。他们围坐在一张会议桌边，15个人，耷拉着肩膀坐在这里，完全不看我。老师开始讲话时——她是个相当年轻、声音活泼的女人——他们仍然不看我。她说："现在问问露西那些你们准备好的问题吧。"

但她没从他们口中撬出一句话。直到今天，我仍然不明白问题出在哪里，这位老师没办法让他们和我说话，在整整一个小时中，我们几近沉默地坐在教室里，我想：这就好像我回顾人生的著作变成了这张桌子上的一小撮灰。我体会到了深深的羞辱感，它仿佛穿过了我的整个身体，直达脚尖。

有一个学生，一个来自谢克海茨的男生闷闷不乐地看了我一眼，说："我觉得你父亲很恶心。"我想：老天哪。我说："这个嘛，他受制于他成长的时代和环境。"没有人说话。

老师说："和露西讲讲我们正在读的书，还有那些我们读完后很喜欢的。"

她让桌边的学生们依次发言，有两个女生提到了一本已跻身畅销榜单两年之久的书，其他人提到的书我没听说过。老师说："露西，你最近在读什么？"我说我在读俄国作家们的传记，我看到有几个学生坏笑了起来。

最后老师说："好了，那么让我们感谢露西今天过来。"她开始鼓掌，但没有任何学生拍手。

我和老师走出教学楼时，她说："真希望我们能一起喝杯咖啡，但我接下来有个会。"

我强撑着走到车边，觉得自己摇摇欲坠。他们令我费解地羞辱了我，我想起来有个女生——她有一头红发和一双小眼睛——提到她最喜欢的书是那本畅销榜单上的，我当时看着她想：你将会一事无成，最后死于气候变暖。

我真的这么想！

坐在停车场的车里，羞耻感席卷而来，我第一次体会到这种羞耻感是在童年。这些学生和小学里完全不看我的同学们一模一样，但我不知道前者为什么要这么做。这些学生——他们对我的蔑视是那么真切可感，以至于现在回想起来，我的心跳开始急剧加速。我想到了外甥女莉拉，她只上了一年大学就回家了，我觉得我现在理解了她。

躺在睡梦中的威廉身边——他缓慢、均匀的呼吸告诉我他已入睡——在那间教室里经历过的羞耻感又再次向我袭来，一样是那么深切，我想：我理解那些冲进国会砸毁窗户的人。

我悄悄起身下楼，不停地在想这件事。我想：在芝加哥城外的那一个小时里，我再次强烈体会到了儿时的羞耻感。如果这种感觉伴随着我余生的每一天，如果我一生中做过的每一份工作都无法真正维持生计，如果我无时无刻不觉得自己在被这个国家中更有钱的人蔑视，我的信仰、我的立场都被他们拿来取笑，我会怎样？我没有信仰也没有立场，但我突然觉得自己能够体会到那些人的感受；他们就像我姐姐薇姬，我理解他们。在社会的长期灌输下，他们觉得自己很糟糕，他们遭受蔑视，他们再也无法忍受下去。

黑暗中，我在沙发上坐了很久；半轮月亮照耀着海面。接着我想，不，国会里的那些人是纳粹和种族主义者。于是我的同理心——我对于砸毁窗户那一幕的想象，就此停止了。

*

几周之后我在杂货店里碰到了莎琳·比伯。“莎琳!”我说。她说：“嗨，露西。”我觉得她胖了一些，眼睛在脸上显得更小了。

“你好吗?”我问她，她只是耸了耸肩。“你想走走吗?外面很冷，但我们走走吧。”我说。她犹豫了一下，然后说：“好吧。”

于是那个周五我们在河边见面，坐在过去常坐的一张花岗岩石凳上，她问我：“你的神智还在衰退吗?”我说，大概吧。她说她的神智绝对在衰退，我问她是怎么知道的。

莎琳抬头看了一眼树枝，说：“哦，快看。”我抬起头，光秃秃的树枝上有两只黑鸟，其中一只用嘴啄着另一只的头，然后渐渐下移到背部。莎琳说：“哦，看哪，露西——他爱她。他在照顾她。”她收回目光，看向我说：“关于鸟，我知道些皮毛，因为奥丽芙·基特里奇非常喜欢鸟，我学到的知识之一就是它们真的会照顾彼此。”她又抬头看去，说：“他大概是正在帮她清理小虫子什么的，让她的羽翼整洁干净。我在网上读到过。”她再次看向我，我觉得她眼中闪烁着一种近乎幸福的光芒。

然后第三只黑鸟从另一棵树上飞过来，在它们身边待了几分钟，又飞回自己的树。“哈里叔叔飞过来看他俩了。”莎琳说。

“有意思。”我说。

我们又看了一会儿鸟，那是个阴天，它们黑色的羽毛与身下光秃秃的灰色树枝形成了鲜明的对比，身后的天空是更浅的灰色。

莎琳叹了一口气：“我不会再去食品分发处工作了。”

“为什么？”我问。

“这个嘛，”她把身上的外套裹紧了些，“等疫苗上市以后——它们就要上市了——我不会接种，所以我没法在那里工作了。”

“他们和你说的？”

“没错。”莎琳用戴着手套的手揉了揉一只眼睛。

我差点问她，为什么你不去接种疫苗呢？但我没有这么说，她也没告诉我为什么。

“我很抱歉。”我说。她说：“谢谢。”

我们沉默地坐在那里，然后她说：“好啦，我们走走吧。”

七

1

一月中旬，威廉收到一封邮件，说他有资格接种第一针疫苗了。信中告知了接种的时间和地点：下午五点半，在镇上的医院，一个星期之后。他有资格接种疫苗，是因为他超过了70岁。

我负责开车，好让他用平板电脑查看路线。天已经黑了，汽车一侧的前照灯不亮，威廉让我把远光灯打开，这样两侧的车灯就都会亮了。我照他说的做了，但不时会有迎面开来的车朝我闪灯，我感觉很糟糕，我总是很害怕自己做错了什么，害怕自己没有考虑到他人。这是我心中怀有的真实的恐惧。

我们到达了医院，那里有一个巨大的标识，示意车辆绕行，停至屋后。我们照做了，威廉下车进门。

我在昏暗中等待着，看着人们进进出出。有些人看上去很年轻，作为年过七旬的人，他们脚步轻盈，身材良好。另一些人则小心翼翼地挪动脚步，许多是独自一人，我看到几对夫妻开车过来，坐在车里，在街灯的映照下，我看到他们在来回翻看着那些必须填写的文件——威廉也一样得填写——这些人的脆弱触动了我。

威廉发来短信，说他已经打完了疫苗，不过需要观察十分钟。然后他走了出来，我们开着明晃晃的车灯朝家驶去，又有一些人朝我闪灯，我又一次感觉很糟糕。但威廉已经接种了疫苗。三周后他会再来打第二针。

我还不知道自己什么时候能接种。

不知怎么，这段日子里我常常觉得难过。时值二月，天气寒冷。我每周只和鲍勃见一次面，穿着厚厚的衣服沿河边散步。不过，白天还是渐渐变长了，鲍勃说在一年的这个时候，当太阳落下时，它不是“像十二月时那样消失不见”，而“只是在准备迎接第二天”。我明白他的意思，日落时，天空会裂开一道缝隙，闪着黄色的光芒，然后在云层中投下一片粉色。

但除此之外，我真的一个人也见不到，威廉经常和他之前的同事——或者洛伊丝·布巴的儿子打电话，他对于自己目前在大学里的研究工作劲头十足。

每个人都需要感觉到自己很重要。

我又一次想起了母亲——我现实中的母亲——有一天对我说过的这句话。她说得完全正确。每个人都必须感受到自己的重要性。

我没有感受到自己的重要性，因为从某种程度来说，我从来就无法产生这种感受。因此日子很难熬。

夜里，我又开始在天还没亮时醒来，我会躺在床上思考人生，找不出它的意义。它似乎是零零碎碎地出现在我脑中，哥哥已经去世，姐姐终其一生都憎恶着我，这些事压在我的心灵上，仿佛一块黑暗、潮湿的沙土。然后我会想起女儿们小时候的情形，但不知怎么，这些记忆并不总是快乐的，我好像只记得当时威廉欺骗了我那么久，就这样，本该美好的回忆最后都变了味。

我想到自己的人生和我这几年——人生暮年——所设想的是那么不同。我想象过在克丽茜或贝卡位于布鲁克林的公寓里，与她们一起庆祝圣诞节，随着时间流逝，日后还会加上她们的孩子——还有大卫！但现在她俩都不住在那里了，大概也都不会再回去。

我想到自己将在缅因州海岸这处小悬崖上的房子里和威廉度过余生，布里奇特会在每年夏天过来找我们，也许她甚至会来过个圣诞，谁知道呢？

我在想，我会不会因为太害怕而不敢再回到纽约？说来好笑，我觉得在与世隔绝的日子里，不知怎么，我更难应对这一切了——更难应对我的恐惧。

我止不住地想，我所了解的生活已经不复存在了。

因为实情就是如此。

我知道这是真的。

二月下旬的一天，我和鲍勃在河边散步时，我把这些想法讲给他听。那天不算特别冷，河面上的冰也冻得不再那么结实。鲍勃双手插兜向前走，斜眼看向我，口罩遮住了大半张脸。“你是什么意思？”他问，我向他解释，我一直是个担惊受怕的人，现在我很担心自己回到纽约该怎么办，我说我不再年轻了，鲍勃说：“我知道。”但他接着说：“你说自己是个担惊受怕的人，这很好笑。我认为你很勇敢。”

“你在开玩笑吗？”我说。我停下脚步看向他。

“完全没有。”他说，“想想你的人生。你的成长环境非常糟糕，你结束了一段不成功的婚姻，你写出了真正触动人心的书。你又嫁给了一个对你极好的人。抱歉，露西，但这不是担惊受怕的人能做出的。”他继续向前走，“我了解你对于纽约的情绪。玛格丽特讨厌那里，所以不再和我一起回去，但我一直在想，等我终于接种了疫苗后，情况会怎么样？”

那天的散步实在不寻常。

鲍勃说起了他哥哥吉姆，吉姆和妻子海伦住在布鲁克林。鲍勃一年多没见他了，尽管吉姆已经接种了第一针疫苗。鲍勃对我说："说实在的，露西，"他在一张花岗岩石凳上坐下，好方便抽支烟，他从烟盒里抽出一支点燃，然后把烟盒塞回口袋，呼出一口烟雾说，"吉姆多多少少算是我一生最爱的人。这多奇怪？"他看向我，"我是说，我那么爱他，他也的确伤了我的心，但我就是一直——我不知道——他就像是不断支撑我走下去的炉火。"

"哦，鲍勃，"我说，"天哪，我明白。"

"我是说，帕姆离开的时候，我的生活一团糟。"他告诉我他是如何搬到了布鲁克林一栋没有电梯的四层楼公寓中，以便和哥哥离得近些，吉姆取笑那栋公寓，叫它"研究生宿舍"。鲍勃说，那时他喝了太多酒，他不愿回想那段日子，后来，他搬到了曼哈顿上西区一栋带门房的楼里。"跟你说实话，"他摇摇头，同时又吸了一口烟，"说实话，我希望帕姆从未离开。哦，露西，我希望她能和我一起养儿育女。我很想她，我觉得她也仍然想着我。"

"她想的。"我说，"我在威廉70岁的生日派对上见到了她，她告诉我她仍然想着你。"

鲍勃不住地摇头。“老天，这让我难过。我觉得她没事的，她身边有孩子，什么也不缺，我们时不时会聊聊。但这是个悲伤的故事，露西。帕姆和吉姆都在纽约，以后也会在那里，而我会永远待在缅因州。”

我们默默无言地坐着，我消化着他的话。哦，他令我心碎！

过了一会儿我们又开始说话。我告诉他，我觉得威廉和我余生会一直在一起，我对此很高兴——但不知为何，我又有些不确定。

鲍勃觑着眼睛看我：“不确定什么呢，露西？”

“我真的不知道。”我抬腿变换了一下坐姿，“他喜欢待在这里。他‘姐姐’在这儿，”说到“姐姐”时我用手指比了个引号，“他爱她，这很好。他对自己在缅因州大学里的研究也兴头十足，他们也很高兴有他在这儿，所以我不知道——我是说，我不知道等这一切都过去后会怎样。

“前几天他和我提起了他在纽约的公寓，就好像等我们回纽约时，我会和他一起住在那里似的。我告诉他不行，那是他和埃丝特尔的公寓，我不会待在那儿——在我看来这合情合理——但他对此显得有点惊讶。”

鲍勃说：“嘿，露西，”他直视着我的眼睛，“就我个人来说，如果你待在这个镇上，我会再高兴不过了。”

他对我这样说。

他让我觉得我很重要。鲍勃·伯吉斯是眼下唯一一个似乎能让我产生这种感觉的人。

2

三月初发生了许多事情：

我写完了那篇阿姆斯·埃默里的小说。故事中，阿姆斯发现吉米·瓦格在向莱格斯售卖毒品，阿姆斯只想找到吉米·瓦格。

阿姆斯在一座废弃的小屋里找到了那三个年轻人，就是我在迪克森透过树木看到的那些沿河而建的小屋。阿姆斯用膝盖顶住吉米，想要把他押上警车时，斯普姆跑过来，用他尖利的小牙咬住了阿姆斯的小腿，这让阿姆斯怒不可遏，他拽起斯普姆，在无意识中用自己强壮的胳膊扭断了那孩子细瘦的脖颈。

小说的结尾跳转到了未来：阿姆斯从警局退休，他每天都会去看斯普姆——斯普姆坐在装有呼吸机的轮椅上，和母亲两人住在肮脏污秽的房子里。最终，阿姆斯像爱自己的兄弟一样爱着斯普姆，他的脸颊上长出胡茬时，阿姆斯轻轻地帮他刮净，还帮他修剪指甲。

那天晚上威廉正在看书时，我对他说："我这篇阿姆斯·埃默里的小说，对一位支持前任总统、做出暴力行为且未受处罚的白人警察抱持了同情态度。也许我不该在这个时候发表它。"

威廉抬起头说："嗯，它或许能让人相互理解。只管发表吧，露西。"

我沉默了好一阵，然后说："我曾经告诉学生们，要违背本意地写作。意思是：要努力走出舒适圈，因为这样有趣的事才会出现在你的稿纸上。"

威廉继续读书。他说："你就把小说发表出来吧。"

但我知道我不能相信自己——以及其他人。主要是不能相信自己真的知道现在该做什么。我知道很多人明白哪些事是对、哪些事是错，可眼下我自己没法完全明白。妈妈！我呼喊着那个我幻想出来的亲切母亲，她说，你会弄明白的，露西，你总是会的。

我不知道这是不是真的。

但我很为阿姆斯·埃默里难过。我爱他。

3

然后我接种了疫苗，两针之间相隔三周。当那个女人把第二针的针头扎在我胳膊上时，我几乎要哭了出来。我想：我自由了。我想：我又能看到纽约了。

威廉和我制订了一个计划。我会自己乘火车去纽黑文，和克丽茜待一晚，再去贝卡在纽黑文的新家待一晚，然后我会在市区住上一个星期。与此同时，威廉会飞去见埃丝特尔和布里奇特，最后再来找我。女儿们会分别来市区和我见面——她们是这样说的，我觉得这有点奇怪，我是说她们竟要分别前来。

然后威廉将和我在那里会合，女儿们会再来见他。我预订了——或者说是威廉在爱彼迎上帮我预订了纽约的一间民宿。

*

我们需要等上三周，以确保我注射疫苗后安全无虞，其间贝卡打来电话，说她被耶鲁法学院录取了。说实话，我十分震惊。威廉看上去并不吃惊。“我们一直都知道她很聪明。”他说。确实如此，但贝卡要上耶鲁？还是法学院？

贝卡补充道：“你和克丽茜说起这事时，别大惊小怪的。”

我又一次感到吃惊。克丽茜毕业于布鲁克林法学院，我从不觉得她俩之间存在任何竞争或较量。克丽茜比贝卡大，从某种程度上说，她比较专横，她也曾——在小时候——多多少少地对贝卡发号施令，而贝卡——大多数情况下——似乎很自然地接受了这一切。

因此和克丽茜通话时，我没提到这件事，我注意到她也没有提。克丽茜听起来十分心烦意乱，我不禁问她是不是出了什么事，她说：“天哪，妈妈，拜托。

我当然没事。”

“嗯，不久之后见。”我说，她只是回答“回头见”，挂了电话。

打完电话后我坐了好一会儿。

八

1

于是在四月的第一周，威廉开车带我去波士顿南站，将我送上了开往纽黑文的火车。我们开到波士顿时，我注意到街上有停车的位置。还有，天是那么蓝，那么蓝！“路上已经一年没有车流了。”威廉说。他在距离火车站不远的地方找到了一处停车位，我们下了车，他将我的小行李箱拉在身后；在阳光和蓝天的映衬下，城市看上去闪闪发光。

但当我们踏入火车站时，我惊呆了。这里仿佛发生了一场战争，一场还没结束的战争。灯光十分昏暗。站内的商店都关门了，除了一家只卖咖啡的甜甜圈店，柜台后是个女人，她的小女儿坐在旁边的一只木箱子上；学校仍然没有开门。“威廉。”我小声说。“我知道。”他说。

一个警察在站岗。

车站的一侧是长椅，上面是无家可归的人，大多数在睡觉，剩下的只是怔怔地盯着前方。他们装着报纸和衣物的包袋放在旁边。一个（在我看来）并不像是无家可归的老妇人从长椅上站起来，开始在车站里穿行。她穿着一条还挺好看的裙子，一边走一边说话，我想她可能是正在打电话，但她从我身边走过时，我发现她没有和任何人打电话。“我就走进去看看能不能拿个面包卷。”我听到她这么说。

威廉陪我上了火车，因为售票员放了他上去，售票员对我们说：“这条线路上的工作人员 90% 都感染过病毒。”她又补充道，“但我没感染过。我非常、非常地小心，我家里有个免疫力低下的孩子。”然后她沿着过道继续向前走，威廉必须下车了。他站在我的车窗外，向我挥手。我开始有了一种虚无感，我只能这样来形容。

火车上还有别人。隔着过道的座位上是一个正在看书的年轻女子，她会时不时地瞧过来，朝我微笑。我前面几排的座位上还有个男人，售票员每次经过时都对他说："把口罩戴到鼻子上面。"他总是道歉。

我坐在座位上看向窗外，但我感觉不到什么。

火车终于停在了纽黑文。

*

我做的第一件事是下车张望，直到克丽茜朝我走来，我才认出了女儿。

她又瘦得皮包骨了。没有多年前她生病时瘦得那么厉害——那是威廉和我刚分开的时候。不过她还是非常瘦。

"嗨，妈妈。"她说。我们互相拥抱。我说："克丽茜——"

她说："怎么了？"她穿着紧身牛仔裤，两条长腿似乎没有尽头。

"你又瘦了，亲爱的。"我说。

"我最近常去健身。"她举起胳膊，向我展示紧身衬衫下小小的肌肉。

“但是克丽茜——”

“妈妈，不要，”她说，“不要和我说体重的事情。”

“贝卡呢？”我问。克丽茜说：“她在自己家等你。”于是我们开去了那里。克丽茜表现出一副掌控一切的派头，仿佛她是总统或CEO——这个想法划过我的脑海，我们到达贝卡离耶鲁不远的小公寓时，克丽茜在路边停下车说：“她住二楼。明天见。”

“明天？”我问，“我还以为我们今天要一起吃晚饭。”

“不，你要单独见见她。再见，妈妈。”她开走了。

贝卡跑下楼梯，推开门说：“妈妈！”她抱住我说：“我们可以拥抱，妈妈！”我们拥抱了。哦，我亲爱的好贝卡。她在我前面上了楼梯，拖着我紫罗兰色的小行李箱，她的公寓虽小却很可爱。房间凹进去的地方放着她的床，墙上悬着一块布，上面挂着她所有的珠宝首饰。耳环、项链，很有她的风格。

“妈咪，你好吗？”她问道，她扑倒在沙发上，拍拍身旁的位置示意我坐下，“把一切都讲给我听。”

于是我们说起话来，她对于秋季就读法学院的事很兴奋。她仍然在做城市社工工作，仍然居家办公，她告诉我自己拿到法学学位后准备做什么，是与“政策”相关的事情，她用了这个词。我听她说着，觉得她很美。

然后我问起她姐姐的事。“她又变得那么瘦了。”我说。贝卡的神色变了，她把目光从我脸上挪开，接着大声叹了一口气：“妈妈，克丽茜正处在低潮期，我能说的只有这么多了。”

“低潮期？什么低潮？”

“妈妈，”贝卡用棕色的大眼睛看着我，“我不该告诉你，所以我不会说的。”

聊完这件事后，我很难愉快起来，但贝卡做了晚饭，不停地和我说话，完全是她的风格，她的确让我开心了。

“你睡在我的床上，我睡在沙发上。”她说，从壁橱里扯出一条被子，在沙发上铺好了床。我说：“看上去居然还挺舒适的。”她说：“你想睡这儿？你想睡哪里就睡哪里吧，妈妈，说真的。”

于是我睡在了沙发上，我很惊讶自己竟然睡着了——但这都是因为贝卡。她真的让一切都显得那么舒适。第二天早上她说：“好了，四天后我会去市里，和你见面，等爸爸过来的时候，我会再去和他见面。”

我们不停地拥抱，而克丽茜正坐在方向盘后等我上车。

2

走进克丽茜和迈克尔的家时，我很惊讶，自己竟然有种走进别人的住宅时一贯会有的感受。我是说，我不喜欢这里。迈克尔的父母还住在这里时，我曾经来过几次；克丽茜和迈克尔订婚时，大卫也陪我来过一回。然而现在从侧门进屋，看见走在前面的女儿那双细细的腿，一种压抑的感觉在我心中升起。

这栋房子显得那么“成熟”。米色的窗帘布上交织着金色的条纹。阳光从厨房的窗户射入，照得冰箱和烤箱——两者看上去都是铝质的——闪闪发光。桌子是黑木做成的，我想，这里和凯瑟琳的房子没什么两样。也就是克丽茜祖母的房子。第一次去凯瑟琳家时，我其实还是个孩子，被那栋房子的美丽所震惊。但眼前的房子并没有震惊到我，而是让我感到抑郁。

迈克尔走进厨房说："嗨，露西，见到你真高兴。"我们拥抱了。我感到他的手臂环到了我背后，他给了我一个实打实的拥抱。

迈克尔做晚饭时，克丽茜和我坐在餐桌边说话。她说的主要是自己在美国公民自由联盟的工作，我想：她没说什么实际的东西。我这话的意思是，她没有谈论自己的感受，但她心情不错，我们在那张黑木餐桌上吃了晚饭，我注意到克丽茜只吃了一盘沙拉，喝了三杯红酒。饭后，他们带我去楼上空余的卧室，我们互道了晚安。

几个小时后，我听到了克丽茜的声音，我永远也想不到她会用这种语气说话。她和迈克尔说："不敢相信，你竟然连垃圾都不扔！"她不知道我听见了，我走出房间，去浴室接杯水吃安眠药，站在楼梯口时听到她在厨房里和迈克尔说了这句话。她令人难以置信地恶声恶气。迈克尔只是嘟囔了几句，然后我听到橱柜门被砰地关上，我悄悄进了浴室。

我心想：她对他不再有一点儿敬意。

但第二天早上，她开车送我到火车站后，又满脸笑容地说："好啦，在纽约待得开心，我们两天后在那里见！"

迈克尔刚刚在门口和我说了再见，一如既往地轻声细语。我和他拥抱道别，但他没有像昨天见面时把我抱得那么紧。

时间过得很慢，这趟火车似乎永远也开不到市区。我一直在想克丽茜。我想，这孩子 40 岁了，真把自己搞得这么瘦骨嶙峋会死的。我想，她的婚姻出了问题。

*

天气晴朗，火车快要到达市区时，我有一种微弱但确实存在的兴奋感——光是看着车窗外越来越多的建筑和路人，其中一些人坐在俯瞰铁轨的小小露台上，这一切都让我感到了近乎快乐的情绪。

但当火车真的驶入市区后，我远远地看到了我以前住的那栋楼，内心没有任何情绪。在中央车站下车时，我的心情也是如此。我觉得站台空旷得诡异，只有几个人穿行其中，商店也全都关门了。站外没有出租车，这和我预想的一样。于是我绕着车站走了一圈，在另一侧找到了一辆出租，司机把我送到了我的住处。

一阵空虚将我包围。

3

那间爱彼迎民宿在中心城区，窗户上挂着蕾丝窗帘，它位于一栋褐砂石建筑的一层。我多年前曾在布鲁克林的一栋褐砂石建筑中生活过，早已忘了从当时房间的窗户向外几乎看不到什么景色，但眼前的窗帘让我有种待在棺材里的感觉。搬到曼哈顿后，我一直住在高层，能俯瞰到一部分城区。因此当我在民宿的两间房内穿行时，感觉更加怪异了，接到威廉的电话后，我没法向他解释自己的感受。但我和他说了克丽茜的事情，他的声音沉了下去："老天啊，露西。"

卫生间里有一个圆形的淋浴区，挂着围帘。我冲了个澡，担心自己会摔倒——我是那么精神恍惚、晕头转向。

两天之中，我在市区里行走；我没告诉任何朋友我要回来，我原本想要给他们一个惊喜，前去和他们见面，但现在我很高兴没人知道我在纽约。我觉得自己无法给予他们应得的关注。我发现街上的出租车很少。莱辛顿大道上，整整林立了一个街区的服装店全部大门紧闭，其中一些橱窗内贴着快要脱落的白纸。

我不顾红灯穿过了公园大道——路上的车辆已然如此稀少。

我坐在中央公园里，看着开花的灌木和已经长出的新叶，看着来往的行人，公园里的人很多，但我什么也感觉不到。

星期一早上9点，我又去了中央车站，站在露台上俯瞰时，我发现只有一个人穿过广阔的车站，头顶上是画着星座图的巨大天幕。

下午我去了布鲁明戴尔百货公司买香水——我总是用一种特定的香调。我来到一楼售卖各种化妆品的区域，买了一小瓶能带上飞机的香水——我们准备坐飞机回去——我发现店员并没有试图向我推销其他商品，这很不寻常，通常他们会说："你真的不想试试这款新推出的晚霜吗?"或是诸如此类的话。但这位店员只是匆匆忙忙地卖给我香水，然后说，哦，拿好，递给我一袋化妆品小样，这些小样以往是消费特定金额才会赠送的，我那一小瓶香水不够格，但她将袋子推给我，我向她道谢，她说："不客气。"

之后，我找不到离开商场的路了。我在巨大的化妆品区不停徘徊，朝一个方向走，心想不对，转到另一个方向，又想，不，不是这边，最后一个戴着黑色口罩的店员朝我走来，问我，有什么需要吗？我说，我想离开商场。他非常礼貌地领我出去了。

*

那天晚上我睁着眼睛躺在民宿的床上时，我想到了所有在这样的房间里度过疫情的人——老人和年轻人。他们孤身一人。

4

我去中央公园和克丽茜见面，我们约定在鸭塘边会合，我到达时她已经等在那里了。她挥了挥手，戴着墨镜。“嗨，亲爱的。”我说，坐在她身旁的长椅上，她说：“嗨，妈妈。稍等一秒钟。”她发了条短信，然后看着我：“你觉得纽约怎么样？”

“哦，很奇怪。”我告诉她。

“是吗？为什么这么说呢？”

我女儿真的很不对劲。

一个大约50岁的女人不停地绕着鸭塘快步行走。她正在打电话，我听到她在说意大利语。她走了一圈又一圈，身穿深绿色的运动裤和相同颜色的夹克。她戴着亮橘色的口罩，口罩被拉到了下巴底下。

我们坐在长椅上时，克丽茜不停地看手机。有那么一刻，她说："对不起，妈妈，我必须回复这一条。"她用力打着字，然后终于放下了手机。她看上去只是放松了一点点。

然后我看到了幻象：克丽茜有了婚外情。或者她即将有婚外情。

她说话时我直直地看着前方，她在说自己的工作，大概是机构内部出现了一些问题，但她的职位稳定无虞。看着这些人相互争吵很有趣，她说了诸如此类的话。

我说："克丽茜，不要。"

我转身看着她，她摘下墨镜，直视着我的眼睛，她的眼睛是淡褐色的，我觉得自己从来没有这么用力地看着她，或者是她从没有这么用力地看着我。"不要做什么？"她最后说。

我说："不要开始那段婚外情。"

她一直看着我，我觉得她口罩上方那双眼睛流露出的神色变得紧张起来。她不肯将目光移开。然后她开始抱怨迈克尔。她说："你不知道他的真面目，妈妈。你从来就不知道。你知道他靠什么谋生嘛，妈妈？他管理别人的钱财——这有什么意义呢？"

"很大的意义，"我说，"对于那些拥有钱财的人来说。"

她更生气了。"没错。但世界上有成千上万没有钱的人，去问问他们这有多大的意义吧。"

"可你和他结婚时就知道这一点啊。"

她张开嘴又闭上，我明白了，当一个人有婚外情时，他们眼中的另一半就被妖魔化了。事情就是这样。

但她告诉我下面这件事时，我差点死掉。

克丽茜的声音开始颤抖，她说："妈妈，你不知道，当你告诉我你和爸爸又在一起的时候，我心里有多崩溃。你只是轻飘飘说了一句，就好像这是件无关紧要的事！你只是满不在乎地说了一句——妈妈，你不明白，对吗？过了这么长的时间，你只是告诉我们，哦，顺便说一句，你们复合了，就好像你们一起经历过的那一地鸡毛，那些破事，突然之间就变得微不足道了——补充一下，这些事也影响到了我们！”她夸张地耸耸肩，双臂稍微抬高了些，她真的很生气，“就像这样，哦，我们又在一起了。”

我们沉默地坐了许久。

“你是不是又流产了？”我最后问她。

克丽茜说：“谁告诉你的？是贝卡吗？”

“谁也没告诉我什么。我只是问问。”

克丽茜重新戴上墨镜，将两条细细的腿伸展开来；她环抱双臂。“是啊，我流产了。”她说，“一月中旬的时候。”

“哦，克丽茜。”我把手放到她的腿上，但她没有任何回应。我们就这样在太阳底下坐了一会儿，然后我轻声说：“克丽茜，这与失去有关。你失去了三次为人母的机会，你很生气，这是合情合理的。但不要无限放大你的流产。拜托，克丽茜，不要这么做。”

她轻声说：“嗯，你也做过同样的事。你说你有过一段婚外情，致使你离开了爸爸。”

“没错，”我说，“我现在希望我们谁都不要有婚外情。”

她透过墨镜看着我。她非常愤怒。她说：“你有一个深爱你的丈夫，妈妈。大卫深爱着你，他深爱着你！现在你却告诉我，你希望自己从没遇到过他？这有多疯狂？”

我缓缓摇了摇头。对于她的指控，我无话可说。

最后我问：“那个男人结婚了吗？”

克丽茜说：“妈妈，你太过时了。你怎么就知道那是个男人？可能是个女人，也可能是个不属于传统二元性别的人。”

我问：“是个女人？”

她气冲冲地看着我说：“不，是个男人。我只是想问你，这几年你不上网吗？我们不再做这样的性别预设了。”

然后我问：“他有小孩吗？”她没说话。“哦，克丽茜，”我说，“抱歉，亲爱的。天哪，我很抱歉。”

过了一会儿她转向我说：“好吧，事实是我们还没有开始，但那又有什么关系呢。我们只是没办法抽出时间来，但我们正在努力。事实上，我明天要和他见面。”

我看着她说：“说真的吗，克丽茜？我可能生病了。这让我恶心。”

她说：“一切不是总围着你转的，妈妈。”

长久的沉默后，我说：“克丽茜，这件事你需要和心理治疗师谈谈，好吗？”

她立刻摇了摇头，以示拒绝。

出乎意料地，我立刻想到了父亲去世后，我做的最近一个关于他的梦，梦中我对他说：“没事的，爸爸，我现在能开卡车了。”

因为很奇怪，这么长时间以来我都觉得头脑不对劲，现在却感觉神智异常清明了。

我转身面向克丽茜。“你听好，”我说，“你听好我现在必须要对你说的每一个字。另外，把墨镜摘了，我需要看见你的脸。”

她摘下了墨镜，但她没有看着我。

“如果你父亲没有偷情的话，我是绝不会离开他的。在这一点上，我了解我自己。如果他自己没有搞出那些婚外情，我也绝不会有婚外情，这是第一点。第二点是，我知道这关乎失去，因为当我开始那段令人恶心的情事时——是的，它令人恶心——我已经先后失去了母亲和父亲。第二年你上了大学，贝卡也准备好离开家了。我的心理治疗师对我说，她对我说，露西，这与失去有关。而你呢，克丽茜，你经历了失去。你失去了三个孩子，现在你又觉得自己失去了母亲，因为我和你父亲复合了。”

克丽茜这时看向了我。她饶有兴趣地看着我。

“我还要告诉你一件事。当我遇到那个男人时，就是那个和我有了婚外情，让我意识到我不能再待在你父亲身边的男人——我们是在一场作家大会上认识的，他找我搭讪，让我觉得自己很特别。这就是他做的事。如今回想起来其实很简单，他只是在我不觉得自己有什么特别之处的时候，给予了我极大的关注，让我觉得自己非常特别。”

“你从来都不觉得自己有什么特别之处。”克丽茜说，但我觉得她的语气很轻柔，并不刻薄。

“你说得对，我从来都不觉得。但当我经历了所有那些失落后，我尤其不觉得自己特别，而他给了我那么多的关注。那时候电子邮件才刚刚问世，每天他都给我发邮件，恳求我，每天我都回复他：不行。然后发生了这件事——

“我出门和一个多年前认识的女人吃晚餐，她是我认识的最悲伤的女人之一。她从没有过男朋友，也没有过女朋友，也许她有的，谁知道她有没有说实话。她很悲伤，克丽茜，她从根儿上遭受了创伤；她没去看过一次心理医生，只是做着税务律师的工作过活，我们那天去吃了晚餐，我意识到她可能是个酒鬼。她那晚至少喝了一瓶酒，外加一杯餐前马提尼，然后——你在听吗？”

我看得出来她在听。她看着我，露出极其关注的神色。她点点头。

“然后，她点了特制的、配有巧克力蘸酱的甜甜圈作为甜点。看她拿起那些小小的甜甜圈蘸巧克力酱时，我有一种感觉——我觉得是一种恐惧感，因为我看到的是如此深切的孤独。我想，是的，我要开始那段婚外情。

“于是我回到家，只给他回复了一个字：行。他欣喜若狂。事情就是这样。”

克丽茜把脸转向一旁，俯视着池水。然后深深地叹了口气。

"但我一直觉得，如果当天我没有去和那个非常悲伤的女人吃晚餐，我是不会答应他的。现在你说到了大卫，没错，大卫深爱着我，我也深爱着他，但这一切是否值得？这无从判断，克丽茜，但你看到了特雷带给贝卡的痛苦——"

"我看到她摆脱了一段不想要的婚姻。"克丽茜说，再次转向我。

我思考着她的话。"好吧，"我说，"但她是为了走出上一段情伤才嫁给特雷的，而你不同。"我补充道，"她的婚姻与你和迈克尔的不同。当你和他经由共同的朋友们相识时，你俩一见如故，克丽茜，人人都看得出来。你们会一起大笑，还记得吗，在你们的婚礼上，那个敬酒的人说，他曾听见你俩在某个地方的走廊里一起笑个不停？"

我等了一会儿，斜眼看着鸭塘，然后转向她。"你和迈克尔说过这些吗？"

她飞快地摇摇头。

"但你俩显然不和睦，因为你想和另一个人在一起，或者是你认为自己想要这样做。所以再听我说一句，克丽茜，这很重要。别把这些加在迈克尔头上。

你来决定自己要做的事情，但不必告诉他有人迷上了你。我猜他知道这件事，深感屈辱，他不知道该怎么办，因为他现在所做的每一件事都令你厌恶。如果你想结束这段婚姻，那就离开吧。但如果你不想，就要试着对你丈夫更坦诚一些。”

话一出口，我就意识到她做不到这一点。

于是我说：“不过我想你现在可能无法对他敞开心扉，因为你不想和他在一起。”

克丽茜一直专注地看着我，此时移开了目光。我看着她的侧脸，她看上去不再生气了；我的意思是，她的脸上流露出了一种脆弱感。

我把手放在她的胳膊上。过了一会儿，她快速地摸了一下我的手，当她看向我时，她眼中的泪水从脸颊上滑落。她用手背擦拭眼泪。

“哦，宝贝，”我说，“宝贝，宝贝，宝贝。”

我等待着，看她会不会哭得更厉害，她的确哭得更凶了，不过很快就止住了眼泪。

“好的，我听到你的话了。”她说，站起身来。

然后她开始抽泣——哦，这孩子抽泣起来！她重新坐下，我伸出双手搂着她，她任由我抱着，我们在那里坐了很久，她不停地哭着，我一直搂着她，不时亲亲她的头顶，她把头埋进我下巴底下。

那个说意大利语的女人又一次从我们面前走过。

5

当天晚上，我没有告诉威廉我和克丽茜的谈话，尽管我非常想要告诉他；他身在拉奇蒙特，要和埃丝特尔以及布里奇特一起住两晚，他刚刚抵达，此后他计划回自己的公寓，这是他这段时间以来第一次回去，我能从他的声音中感觉到，这些事情占据了他全部的精力，于是我想，等他来纽约时我再告诉他。

*

我躺在那面蕾丝窗帘旁边的床上，但我脑子里都是克丽茜。

哦，孩子！

她已不再是个孩子——

*

我想着威廉的婚外情，关于我是如何察觉到它们的，我要对你讲一件事：

它令我自惭形秽，它令我难以置信地自惭形秽。它叫我几近崩溃。我如此羞愧，是因为想不到这样的事情会发生在我自己的生活里。我以为，这是那种会发生在别的女人身上的事。我记得在那段日子里，我去参加了一场派对，无意中听到两个女人的对话，她们在谈论一个丈夫偷情的女人。我记得——这让我有种火烧火燎的感觉——那两个女人都说，哦，得了吧，她怎么可能不知情？

然后这件事发生在了我身上。

当我发现自己正过着双重人生、过着不忠的生活时，我被击垮了。但我时常会想，这让我成了一个更好的人，我真的这么认为。当你真正感到自惭时，就有可能变得更好。我在生活中逐渐注意到了这一点。

你可能会变得更加大方释然，或者更加愤世嫉俗，而那种痛苦让我变得更释然了，因为我明白了女人为何会不知情。这种事确实会发生，而且发生在了我身上。

因为我永远都不会偷情，所以我觉得威廉也一样不会。

我在以己度人。

躺在蕾丝窗帘旁边的床上，我想起了“以己度人”这个词是如何成了某种只有我和大卫才懂的玩笑话。打个比方，如果大卫想要知道，为什么某天晚上爱乐乐团的指挥大肆批评了新来的小提琴手，我就会说：“你在以己度人，大卫。”他会大笑起来，同意我的话。“代入他的头脑思考，你可能就明白了。”我说，而大卫则会说，他不想钻进那个人的脑子。

每个人都会以己度人，我想说这个。

我在床上翻了个身，想起了克丽茜说大卫“深爱”着我。她说得没错，他确实深爱着我。

我真的已经放弃了这一切吗?

此时此刻，这并不重要；我的人生已经一如既往地前行了。

而她的人生也会像以前那样前行。

*

第二天，我的头脑依然十分清醒。我告诉自己，我对此什么也做不了。（但说实话，我有些担心自己的孩子。）

我走在市区的街道上，我注意到，如果有人挡住了我身前的人行道，他们会说“哦，抱歉”或“不好意思”。这样的事情发生了好几次。中午，熟食店里为我做三明治的男人祝我今天过得愉快。“要过得非常愉快，好吗?”他微笑着递给我三明治。许多还在营业的地方，门上都贴着标语：我们患难与共。

*

威廉打来电话，说埃丝特尔和布里奇特很快就会搬回城里了，埃丝特尔已经接种了疫苗，她俩看上去都挺好的。但他的语气很严肃，我等待着，他说："我是在她们的住处外面打给你的，明天我就要回自己的公寓了。我很害怕，露西。"

我仍然想和他聊聊克丽茜的事，但我不希望他陪在布里奇特身边时琢磨这些，于是没有告诉他。

"布里奇特怎么样？"我问。他的声音轻松了起来，他说："她很好。能和她见面太好了。"

他说，等他两天后来市里时，必须到办公室去一趟，希望能看到一些人，帮他办完离职流程，再最后去一次实验室。我明白这件事让他很难过，因此我没有告诉他克丽茜正在（说不定就在我们说话的时候）和一个她打算偷情的男人见面。我只是提醒他，我明天要去见贝卡，几天后两个女儿会再次过来与我们见面。

"好的，露西。"挂断电话前，他没有像大卫一贯会做的那样说他爱我。但威廉不是大卫，这是我唯一知道的。他不必变成大卫，这一点我也知道。

*

那天晚上我准备睡觉时，收到了一条克丽茜的短信。她说：我明天和贝卡一起来市里和你见面。

我回复道：我很高兴。

*

她们就在那里，我美丽的女儿们，她们就在鸭塘旁边。但她们从来就不真正属于我，朝她们走去时我这样想，就像纽约从来不真正属于我一样。这念头划过我的脑海。我走下小坡时，克丽茜和贝卡挥舞着手臂。又是阳光灿烂的一天，尽管云朵正在飘过来。两个女儿都没有戴墨镜，于是当我走到她们身边时，我把墨镜塞进了大衣口袋里。和女儿们拥抱后，她俩隔开距离，好让我坐在中间。克丽茜拿着一个带盖的大纸杯——我猜里面是咖啡。她举起纸杯抿了一口。我觉得她看上去很累。

我等待着。

克丽茜说："好吧，如你所知——顺便说一句，贝卡知道这一切，"她坐直了一些，看向我，"昨天我去见那个人了。"

"然后呢？"我等了一会儿，问她。

"然后，妈妈，他对我犯了一个巨大的错误。"克丽茜用手指捋着头发，"当我告诉他，我不确定自己想经历这些时，他很生气。妈妈！他非常生气，妈妈，非常、非常地生气。说真的，那很吓人，我想，老天啊！"

她看着我，半张着嘴，眼睛瞪得很大。

我说："所以，到此为止了？"

"天哪，没错，到此为止了。"她往后靠去。

我转头去看贝卡，她只对我挑了挑眉毛。

克丽茜说："然后我回到家，迈克尔和我长谈了一次，我说我是个浑蛋，因为怀孕的事情，我非常抱歉。他很好。虽然有些迟疑，但他很好。"说到这里，克丽茜的眼中涌上了泪水，我看着她，感觉贝卡轻轻捏了捏我的膝盖。

我明白了，我不知道克丽茜的婚姻会走向何方。

克丽茜说："都怪我年纪大了，妈妈，而医生又对此并不上心。他不上心。他本该更专业一点的。"

"我们会再给你找个新医生。纽约到处都是医生。"

她说："我担心他们会给我注射孕酮，这会增加我日后患癌的风险。我在网上查过。"

"网上？"我说，"你从网上获得医学知识？好吧，它们可能是对的，也可能不对，但我们总归要给你找个新医生。你父亲应该有人选，他认识搞科研的人。好啦，克丽茜，看在老天的分儿上，事情还有转机。"

"我不知道……"她说。

"嗯，我们会找到办法的。"

她摸了一下我的手，当她把手收回去时，我握住了她的手，她没有挣脱。我们牵着手坐在阳光下。

过了一会儿贝卡问我："妈妈，那么你要在缅因州的悬崖上度过余生了？"

"我明白，"我说，将脸转向她，"我完全明白你想问什么。我自己也一直在琢磨这件事。"

贝卡说："嗯，那是栋可爱的房子。我是说，情况本可能会更糟的。"

"哦，老天，情况可能会糟得多。"然后我又说，"你父亲喜欢那里，因为他新找到的家人，以及所有那些寄生虫和马铃薯的事情——"

"我知道，"克丽茜打断了我，"最近他打电话时说的全是这些事。"

我心想，天哪，威廉。但我继续说道："所以你们的父亲在那里很开心，我也交到了一些朋友，比如鲍勃·伯吉斯，我想他是我人生中最好的几个朋友之一。"我简单地描述了他：他那副可爱而健硕的身躯，他宽松的牛仔裤。

克丽茜这时看向我，露出近乎顽皮的笑容。"你要有外遇了吗，妈妈？"

"不，"我严肃地说，"他的妻子是位牧师，她是个好女人。我想他有一点怕她——"

"为什么？"这次是贝卡打断了我。

"嗯，他背着她偷偷吸烟。"

克丽茜这回真的笑出了声。贝卡说："等等——这个人多大年纪了？"

“哦，我想是和我同龄吧。”

“而他不得不背着妻子偷偷吸烟？”

“没错。”我说。

“妈妈，这太疯狂了。”

“这个嘛，”我说，“你知道的，我们都会做出自己的选择。”但话一出口，我就在想这是不是真的——我们是否真的做出了自己的选择。我想起了某天晚上我在电脑上看到的那段视频：没有自由意志，一切都是预先决定好的。于是我说：“我想我们会做出自己的选择吧，我其实也不知道。”

克丽茜转头看向我。“你这是什么意思？妈妈，前几天你还坐在这里，劝说我放弃了一个我原本很大概率会做出的选择。你又怎么能说，你其实不知道我们是否会做出自己的选择呢？”

“我不知道，”我说，“我不知道我是否相信这话。”我停顿了一下。“我其实什么也不知道，”我补充道，“除了我有多爱你和贝卡。我只知道这个。”

克丽茜直视前方。“妈妈，”她柔声说，“你知道很多。”

贝卡再次开口了："嗯，我们在想——好吧，我就直说了吧。我们在想，爸爸是不是在操纵你，在疫情期间把你弄去那里，好让你回到他身边，这样他就不必再孤身一人了。"

"你是认真的吗？"我非常惊讶，然后我想起贝卡的治疗师劳伦多年前告诉过她，威廉在操纵我，而我从来就没明白这话的意思。

我对她们说："他把我带到那里，是为了救我的命。他把你们弄出纽约市区，也是希望救你们的命。"

"哦，我们知道他爱我们。"贝卡说。她又补充道："我们也爱他，但他为什么要带你去缅因州，而不是别的地方呢？也许是因为洛伊丝·布巴，这对他来说很方便。"

我感到一阵微弱的恐慌从体内涌过，因为在威廉和洛伊丝初次见面之后，我也有过同样的想法。

贝卡继续说道："你知道那句话吧？女人会悲哀缅怀，男人会寻找新伴。"过了一会儿她意味深长地说，"我只是不知道，爸爸是不是永远值得信赖。"

"具体哪方面呢……？"我开始问。

但就在这时，克丽茜突然说："我饿了。"

她竟然说她饿了！

我站起来说："我们去找个地方吃饭吧。"于是我们离开公园，阳光又变得明媚起来，麦迪逊大道上有家餐厅设有露天桌椅，我们在阳光中坐下，克丽茜看着菜单，然后对服务员说："我要一份鸡肉沙拉三明治。"

"我也是。"我说。贝卡耸耸肩说："那好吧，我也一样。"

我们坐在那里聊天，过了一会儿克丽茜说："那杯咖啡让我想小便。"于是她戴上口罩进了餐厅，她去上厕所时，贝卡对我说："妈妈，那个人鼻子上有黑头。"

"哪个人？"我问，四下张望。

"克丽茜那位——那个她考虑与之发生关系的人。昨天他们见面时，她看到他鼻子上有黑头，接着他又对她大发脾气。"

我看着贝卡，她也看向我，摇了摇头。"她说视频通话时她没看见黑头。"贝卡补充道，"但打消她念头的不是这个，我是说，那些黑头不是原因所在。原因是他对她火冒三丈，凶得吓人。”

我说：“谢天谢地。”贝卡说：“可不是嘛！”

克丽茜回到桌边，三明治被送来了，我看着克丽茜吃她那份——她吃得很慢，但一直在吃。当她吃完第一块时，她看着自己的盘子说：“嗯，这又何妨呢。”她拿起了剩下的那一块。

老天，这让我松了一口气。

我张开了嘴，打算告诉她们：孩子们，听我说，你们的父亲得了癌症。但我止住了嘴边的话，我想到他并没有告诉她们，因此我也不该说。就在我脑中涌过这些念头时，贝卡若有所思地说：“爸爸似乎总是需要有些秘密。”

我吃了一惊，片刻之后说：“什么样的秘密？”

贝卡耸耸肩说：“嗯，其实我并不知道什么确切的事情，我们只是因此有点担心你和他复合。”

我停顿了一会儿，思考着她的话。“我不知道他是否还有什么秘密。而且说真的，孩子们，这已经不重要了。他和我都老了，也不会再变年轻，我们相处得很好。”

“只是很好？”克丽茜问。

“嗯，不只是很好。我了解现在的他——我是说，这是世上任何一个人所能够了解他的极限。”

女儿们点点头。“好吧。”贝卡说。克丽茜这时也说：“好吧，妈妈，只要你开心就好。”

我们就这样坐在人行道上的餐桌边——灿烂的阳光洒在我们身上，就好像阳光永远都会如此灿烂——我们继续聊天，最后终于起身离开，女儿们要搭火车回纽黑文，她们过几天还会再来和父亲见面。我们在人行道上拥抱。“再见，妈妈。”她们叫的出租车停在路边时，两个女儿都对我说了这话，坐进车里。

我在那里站了一会儿，看着她们的车开远，想着她们——以及她们的人生和我原先预想的有多么不同。我想：这是她们的人生，她们可以做自己希望或需要做的事情。

然后我记起我怀着克丽茜的时候，有一次我低头看着自己隆起的肚子，把手放在上面，心想：无论你是谁，你都不属于我。我的职责是带你来到这个世界，但你并不属于我。

现在我记起了这件事，我想：露西，你绝对是正确的。

6

当我回到住处时，威廉来电话了，他因为实验室和公寓的事情满心伤感，然后他说："露西，我能过去和你过夜吗？我今晚不想待在这间公寓里。"

"当然可以了！"我说，"我有一大堆事情要告诉你！"

*

我想起刚认识威廉时，他带我去约会的情景。他会带我去真正的餐厅！我从来没去过真正的餐厅。他会为我买单——那样轻轻松松地掏出现金，为我买单。然后我们会去看一场电影。我们每周会去一次。一场电影！在上大学之前，我从没在电影院里看过电影，而那时我们每周五晚上都会去，吃晚饭，看电影，电影开始时他会将一颗爆米花丢在我脸上。

这个男人带我见识了世界，这就是我想要说的。他带我最大程度地见识了世界，威廉为我做了这件事。

然而贝卡的话在我脑中挥之不去，她说她父亲不值得信赖。我回想自己做了些什么，我是怎么同意待在缅因州的，我与现在占据了他极大心神的新家人们共同生活在这里，放弃了我在纽约的家。

然后我想起了一件事。当我和威廉以及女儿们一起生活在布鲁克林时，家里二楼，我俩的卧室外有一条小小的门廊。一天早上，威廉发现一只松鼠在门廊的一侧搭了一个很大的窝，他对我说了这件事。他决定——我想我也随他一起做了决定，松鼠窝必须被移除。它离房屋太近了。于是威廉拿了一根扫帚，把整个窝巢清理了。

我记得的是这一幕：整整一天一夜，一直到第二天，松鼠都在发出哭嚎的声音。那只松鼠不停地哭嚎着，因为它的家被清除了。

*

我四下环视着房间里挂着的蕾丝窗帘，心想：妈妈，我不知道该相信谁！我母亲——我多年来幻想出来的那个亲切的母亲马上对我说，露西，相信你自己。

*

我走到外面，坐在民宿的门廊上，想着两个女儿和威廉，还有大卫——他已经离开那么久了——想着我们某一天会全部离开。想到这些我并不悲伤，我只是明白世事的确如此。

然后我脑中出现了这个想法：

我们所有人都一直处在隔离封锁之中，从始至终都是这样，我们只是不知道罢了。

但我们尽我们所能。我们大部分人只是努力撑下去。

一个男人走过去，口罩上方的脸孔略带阴沉的神色，沉浸在满腹思绪之中。街对面的一些窗台上放着花箱，充斥着绿色和三色堇的明黄。几辆汽车驶过街道。

接着一辆灰车停在路边，威廉跨出车门。他拿着带滚轮的棕色小行李箱。我站起来伸出手臂。“哦，威廉。”我说。我们站在那里拥抱，我们这两个老人站在纽约的人行道上，这是我们许多年前一起来生活的城市。

“抱紧我，”我说，“再紧一点。”

威廉将身体后仰片刻，说：“再紧一点我就要穿过你了。”然后再次拥抱了我；我能感受到他的双臂正环绕着我。然后他悄声说：“我爱你，露西·巴顿，不管这是否重要。”

一阵轻微的战栗，伴随着强烈的预感涌过我的身体，那是对我自己，也是对整个世界的不安预感。而我站在那里，紧紧抓住这个男人，就好像他是在这方被我们称为“地球”的、甜蜜又悲伤的天地间，最后剩下的一个人。

致谢

我想向以下帮助本书出版问世的人致以谢意。排在第一位的永远是凯西·张伯伦，我最初的读者。还有我的编辑安迪·沃德；我的出版人吉娜·森特罗；我在兰登书屋的整个团队；莫莉·弗雷德里奇和露西·卡森，卡罗尔·莱纳，贝弗利·高洛戈尔斯基，珍妮·克罗克，艾伦·克罗斯比，我女儿扎丽娜·谢伊，以及了不起的本杰明·德雷尔。